united
p.c.

Alle Rechte der Verbreitung, auch durch Film, Funk und Fernsehen, fotomechanische Wiedergabe, Tonträger, elektronische Datenträger und auszugsweisen Nachdruck, sind vorbehalten.

Für den Inhalt und die Korrektur zeichnet der Autor verantwortlich.

© 2013 united p. c. Verlag

www.united-pc.eu

Simon Stiegler

Diplomatenchaos

Es war schon dunkel, und sie hatte sich in den Kopf gesetzt ihn wieder zu sehen -

Seine schönen Augen, der Mund, und er war so vollends in der Spur des Lebens, was ihr unheimlich imponiert hatte. Er konnte mit seiner Projektarbeit die Menschen ansprechen, hatte die neusten Ideen und konnte dabei immer mit einer natürlichen Freundlichkeit und Ausdauer, einem Flow, der von einem Ursprungsgedanken geprägt war glänzen, und sie gestaltete diesen in die ihrige Sicht um, das einem transformiertem Gefühl gleichkam, das sie jetzt auf der gleichen Ebene wie er wahrgenommen hatte.

Die Stadt erschien in einer abwechslungsreichen und zugleich bunt-leuchtenden Atmosphäre, ein wenig wehte der Wind, frische Luft durchzog die Straße und sie hatte die gefühlte Wildwest Atmosphäre wie in einem Sog aufgenommen, schaute umher, roch den Wind und küsste ihn gedanklich.

Gleich könne sie wie ein alleiniger Mensch dem die Stadt gehörte die Läden anschauen, alle Läden hätten geöffnet, es würden auf einmal von irgendwoher Musik erklingen, ein Hebel würde sich umlegen und die Straße wäre nun voller Menschen, Musiker, Zauberer und Tieren.

Doch auf den Straßen war niemand zu sehen, eigentlich nicht ungewöhnlich zu dieser Zeit, hatten doch die Pubs, Cafés und Kneipen geöffnet, die von der Feierlaune der Hungrigen in Anspruch genommen wurden. Die Geschäfte hatten schon zu. Die Straßenlaternen spendeten gedämpftes kegelförmiges Licht, einige Autos pfiffen über die nah gelegene Straße, die ein wenig nachhalte. Ihre lange Jacke, ein Jacket, mit einem wundersamen lila-Ton, der sich mit den grünen Streifen abwechselte wedelte im aufbrausendem Wind, die Nase juckte, ein Griff in die Tasche und schon konnte die Luft wieder durch die zuvorigen leicht verstopften Nasenlöcher durchatmen. Heute war ihr Tag, endlich konnte sie ihn wieder sehen, es konnte fast nicht anders sein wie sie es sich vorstellte, alles war möglich und sie würde jede Überraschung gerne erleben, es in ihr Gefühl integrieren, es bei sich tragen und vollenden, doch ein Glaube bläute ihr ein, dass es nicht zu ihrem größten Glück kommen konnte. Schon am Frühstückstisch hatte sie sich gefreut, und ihre Phantasie entwickelte sich bei einem Toast und einem Apfel, zwei Knäckebroten und einem frisch gepressten Orangensaft.

Jetzt war sie schon hier, mitten auf der Straße, der zu ihrem Treffpunkt führte. Nun jedoch ertönten aus weiter Ferne Schreie, Schreie wie sie sie vergleichsweise schon einmal gehört hatte. Damals auf einer Ranch hatten sich die Pferde aufscheuchen lassen. Vom zwei Kilometer entfernten Feld konnte man das Wiehern hören.

Hier in ihrer Umbegung leuchteten die Schaufenster und waren reflektiert von den Leuchtreklamen, die gedämpftes indirektes Licht der Straße spendeten.

In einem Café hatten sie sich kennen gelernt. Mit Kerzenlicht und einer romantischen Stimmung hatte er ihr vorgeschlagen, sich erneut zu treffen, er würde sich melden, würde anrufen und sie dann in eine Welt entführen, die nur für sie Beide gedacht war, dies und das war klar, benutzte er in einer untertriebenen Versprechung, es versprach viel mehr zu werden - wenn es nur gleich sein könnte, die Stunden schon vergangen wären und sie schon den aufbrausendem Gefühl die Chance gegeben hätte ihm das Geschenk zu machen, das er verdient hatte und die Welt glitzender, funkelnder, voller neuer Überraschungen in eine neue Ebene empor ragen könnte.

Wie in einem Tanz, einer Dynamik, einem unendlichen Spiel, das dem Wissen in einer gebetteten Anziehungskraft füreinander zusammen zu leben und alles aufzusaugen damit es niemals verloren gehen würde, gewidmet war. Das waren doch die schönen Momente, die es ermöglichten eine Spur näher am Schweif der Liebe zu knabbern, jedoch auch nicht mehr als nur in einem kleinen Stück einer Dimension, die dem glücklichen Sein, einen glücklichen Moment ermöglichte.

Liebe jedoch war etwas ganz Anderes.

Ella konnte es kaum abwarten und war gespannt ihn, der durch seinen wunderbaren Charme glänzte und in ihren Augen etwas Besonderes darstellte, einfach wieder in die Arme zu schließen. Doch ihre Vorstellung hatte einen Hacken, sie wusste, dass das Kennenlernen einige Zeit brauchte und sie wusste, dass sie nicht gerne alleine war, doch die richtige Liebe, so meinte sie, hatte sie bis dahin leider noch nicht gefunden.

Die Schreie waren noch immer gegenwärtig in ihrem Kopf, sie stand da, doch die Situation, in der sie sich befand, erforderte ein anderes Handeln, was sie jetzt vergegenwärtigte, hörte die Schreie erneut die jetzt schon sehr deutlich zu hören waren und sie sofort erkennen konnte, dass es sich um ernst zunehmende Hilferufe angehört hatte. Ihre Beine begannen nun schneller zu laufen. Sie musste sich wohl weiter in der nördlich gelegene Richtung orientieren. Die Straße wurde schneller, der Wind drückte härter ins Gesicht und die Streifen gingen in Linien über, so als wäre sie angezogen wie wenn sie nun die Einzige wäre, die helfen könnte.

Ja die Straße hatte sich verwandelt, so wie in einem Computerspiel oder einem Film, der eine Raserszene zeigte. Ihr Atem erhöhte sich nun mehr, ihre Lungen waren schon lange nicht mehr bei solch' einer Geschwindigkeit beansprucht worden und schmerzten ein wenig, offenbar hatten die kleinen Alveolen nun genügend Arbeit um den Gasaustausch in Schwung zu bringen. Sie musste sich jetzt zusammenreisen, motivierte sich und blieb im Tempo, sah sich bildlich wie durch in einem Tunnel angezogen, der sie jetzt zu ihrem Ziel ein wenig schneller leiten konnte.

Beinahe wäre sie umgeknickt, als sie ihn sah und ihn sofort motivierte mit zu rennen um sie zu unterstützen, die Folge hätte eine klaffende Wunde oberhalb des Knöchel sein können, eine ordentliche Weber drei Fraktur, die notfallmässig im nächstgelegenen Krankenhaus per Röntgen als Diagnose gesichert werden konnte, nur aber dann, wenn das obere Sprunggelenk sowie Schien- und Wadenbein betroffen wären, eine nicht unwahrscheinliche Folge einer hohen Krafteinwirkung auf einen Punkt des Beins. Ihr Puls war nun schon die ganze Zeit auf einem hohen Level und sie merkte, dass sie schon lange nicht mehr in solch einer Geschwindigkeit gerannt war.

Hoffentlich war nichts Schlimmes passiert, konnten sie überhaupt richtig helfen. Sicher gut jetzt eine Unterstützung bei sich zu haben, um einfach jemanden im Rücken zu haben, der sie im Notfall unterstützen konnte, was sicherlich jedem so ergangen wäre, denn wer wollte schon alleine die Aufgabe bewältigen, jetzt völlig auf sich gestellt eine nicht kalkulierbare Situation im vollständigen Umfang absolut richtig zu beurteilen und zu beeinflussen, so dass ein bestmögliches Ergebnis hervorkommen würde. In diesem beinahigen utilitaristischen

Sinn würde dies einer langjährigen Berufserfahrung eines Polizisten einer Sondereinheit gleichkommen, der letztendlich nicht mal zu neunzig Prozentiger Sicherheit behaupten könnte, er würde alle richtigen Entscheidungen in sein Lösungsprozess eines solchen Falles mit einbeziehen.

Blitzschnell fiel ihr ein, dass ihr Freund, ein Hobbygärtner und der wohl beste Beikoch der Welt erzählt hatte, dass in Zeiten in denen die Presse immer häufiger von Übergriffen auf Frauen berichteten, sich Begleitaktivisten konstituierten um wie Bodyguards fungieren zu können, eine gute Idee, denn die Mitglieder waren natürlich geprüft, mussten sich authorisien und sich selbst dazu bereiterklären helfen zu wollen, und konnten demnach schnell über das Handy oder Internet gebucht werden, doch sie hoffte in diesem Kontext, dass sich solch ein angenommener Gedanken bei solchen Schreien nicht bewahrheiten würden.

Schon damals hatte sie sich Gedanken gemacht, wie sie in solch einer Situation reagieren würde, und es stand fest, dass sie versuchen würde ihm ordentlich eine zu zentrieren, die Augen auszustechen und sofort das Gesicht, die unteren Regionen mit Schmerzen zu füllen, ein Pfefferspray wäre nicht schlecht, aber eine Handtasche trug sie nur selten, und normalerweise hatte sie keine Angst vor solchen Übergriffen, die passieren könnten. Jetzt malte sie sich schon aus, was sie dann auch gleich machen müsste, ihr Handy war einsatzbereit und konnte sofort Unterstützung holen, sie fühlte das Zittern ihrer Beine, sie konnte sich beherrschen, ermöglichte den reifen Zug jetzt in einer Massivität die Situation so zu beeinflussen, dass sie alle Ressourcen die sie hatte auf einen Punkt ihrer Ideologie und Identität bündelte und bestärkte, um für die Befreiung und schützende Form der Lösung eintreten zu können. Sicherlich hätte sie zu jeder Zeit Unterstützung in dieser Form, und selbst wenn sie keine gehabt hätte, so konnte sie sich zehn Männer, zwei hundert Polizisten und drei Psychologen vorstellen, die sie geschickt in die Situation mental unterstützen würden. Sie würde die richtige Entscheidung treffen.

Wie konnte er nun in solchen Schuhen rennen, würde er doch bestimmt jeden Kieselstein auf seiner Fußsohle spüren und könnte sich verletzten und sie müsse dann alleine, ohne Unterstützung, weiter rennen.

Sofort war ihr klar, dass solche Ängste nicht begründet waren, denn sie hatte im Leben schon immer Glück gehabt und auch diesmal würde es so sein, dass die Dinge sich zum Besten wenden würden, davon war sie überzeugt, nicht weil sie das schon mal so gehört hatte, sondern weil die Welt so ist, wenn man davon ausgeht, dass die Dinge sich gegenseitig beeinflussen.

Die rote Ampel war schon in greifbarer Nähe. Schnell sporteten sie, nach dem sie feststellen konnten, dass es reichen würde jene Stelle unbeschadet zu überqueren, und waren jetzt nun im anderen Viertel der Stadt angelangt. Hoffentlich war nichts Schlimmes passiert, sie bereiteten sich nun nochmals mental auf die auffindbare Situation vor. Um die Ecke, die von einer kleinen runden Treppe geziert wurde, machten sie einen furchtbaren Fund.

Ein Kinderwagen war umgekippt auf dem Boden liegend, das Baby war nicht zu sehen, nur die Decke, die außerhalb auf den Pflastersteinen lag, hatten ihnen beiden einen Schrecken eingejagt. Der Wagen war leer und das Baby war weg. Jetzt rannten sie noch schneller und riefen laut um Hilfe. Irgendjemand sollte doch ihre Schreie hören und bereit sein mit zu helfen. Wahrscheinlich kamen die Schreie aus einem Hinterhof, denn sie hallten noch ein wenig nach. Jetzt kamen die Menschen aus den Pubs auf die Straße. Schauten umher. Viele getrauten sich nicht spontan einzureihen. Sie sprachen miteinander, schauten absichtlich weg. Jetzt war es Ella klar, sie hatte auch keine Zeit mehr länger darüber nachzudenken, aber ein enttäuschtes Gefühl halte in ihrem Bauch nach. Jetzt erst Recht, so dachte sie und spornte ihren Mitstreiter Pete an. Sie hatten sich abgesichert, dass das Baby nirgends zu sehen war, schauten umher und vermuteten dass die Schreie etwas mit einer Kindesentführung zu tun hätten. Schnell zückte sie ihr Handy. Die Beamten sicherten ihr zu, bald am Geschehen zu sein. Dies spendete neuen Mut, sie hatten jetzt geschulte Unterstützung im Rücken, und kurz kam es ihr in den Sinn nun einfach stehen zu bleiben und den Rest der Polizei zu überlassen.

Doch sie wusste, dass sie nun bald dort sein würden und sie könnte mit dem schlechten Gefühl, das daraus resultieren würde nicht leben. Doch es war anstrengend sich jetzt dieser Situation zu stellen, aber sie tat es, rannte weiter, Pete war an ihrer Seite. Im Hinterhof einer kleinen Seitenstraße, in der die Wäsche auf den Balkonen flatterten, stachen die graubräunlich erscheinende Fassaden hervor. Hier mussten wohl viele Menschen auf engsten Raum miteinander leben. Ein Junge schoß den Fußball gewaltig gegen die Wand und hechtete sich auf die Seite, als die Beiden ankamen. Hast du was gesehen, wo kommen die Schreie her? Der Junge zögerte, konnte den Blick nicht halten und rannte schliesslich unter Tränen weg. Schrie ihnen nach, sie sollten lieber weg bleiben.

Jetzt war die Polizei eingetroffen. Der Wagen war so platziert, dass er den Hinterhof eingrenzte. Sein Partner war nun aus dem Auto gestiegen und holte sich eine Rückmeldung bei seinem Kollegen, gleichzeitg sammelten sich die Nachbarn und organisierten sich indem sie miteinander sprachen. Die Beamten schritten zu den Menschen und der Fahrer, ein Mann, der sicherlich Kinder zu Hause hatte, und im Fitnessstudio einen großen Anteil seiner Freizeit ableistete, begann die Nachbarn zu interviewen, indem er fragte ob irgendwelche Auffälligkeiten beobachtet wurden.

Die Menschen schwiegen jedoch eine Weile und es tat sich eine alte Frau auf und meinte mit verärgerten Blick, dass es hier keine Seltenheit sei, dass plötzlich wieder die Polizei vor der Türe stünde. Jetzt beobachtete Ella kurz wie es wohl weiter gehen würde und vermutete, dass es den Anschein hatte, dass die Leute nur verhalten Informationen bekannt gaben. Nachdem sich die Traube der Hausbewohner aufgelöst hatte, schien die Situation bereinigt zu sein. Es war nun völlig ruhig. Ein Misstrauen lag in der Luft und jeder war darauf bedacht nur das Nötigste zu diesem Vorfall beizusteuern. Anscheinend war es schon öfter vorgekommen, dass im Haus Nummer fünf sehr laut gestritten wurde. Ella lenkte ein und meinte, dass es sich nicht nur nach einen Streit angehört hatte. Die Polizei beobachtete derweil den Hinterhof. Verhaltenen gingen einige Nachbarn in ihre Wohnhäuser zurück, was verräterisch auf die Beamten wirkte.

Ein komisches Gefühl durchflutete die Beiden. Sowas hatten sie noch nicht erlebt. Was konnte dies bedeuten? Lief es daraus hinaus, dass die Nachbarn etwas decken wollten, von dem sie selbst betroffen waren.

Jetzt, so schien es, war die Situation nun von den plötzlich aufleuteten Glocken der Kirche ein wenig abgelenkt. Eine ungewönliche Stimmung war eingekeehrt und Ella wünschte sich nun weit weg von hier. Sie hatte das Gefühl nun nicht mehr helfen zu können und Pete war da ganz ihrer Meinung.

Wie sie am darauf folgenden Tag in der Zeitung lesen konnten, handelte es sich um einen furchtbaren Ehestreit, der wohl besonders ausgeartet war, mehr konnte man dem Artikel nicht entnehmen und Ella wunderte sich schon ein wenig, denn sie hatte die Vermutung, dass der Kinderwagen in einem Zusammenhang zu dem Geschehenen stehen konnte, es trennte ihn zwar einige Meter, aber das er so völlig alleine dagelegen war, hatte sie beunruhigt. In Zeiten, in denen oft die wichtigen Dinge in den Hintergrund geraten sind, breitete sie sich auf ihrer Couch aus und hatte ein schlechtes Gefühl ihn versetzt zu haben. Er nahm es ihr sicherlich nicht übel. Nein, sicher hatte er Verständnis und freute sich hoffentlich auch auf ein späteres Treffen. In seiner Wohnung nicht unweit entfernt vom entgegengesetzten Viertel des Hafens belegte er eine kuschlige zwei Zimmerwohnung auf zwei Ebenen in einem Hochhaus.

Seine Arbeit fröhnte er als selbstständiger Designer. Gleich in der Nebenstraße hatte er sich ein Atelier angemietet, um mit seinem Freund, der ebenfalls in der Branche arbeitete, zusammen die neuesten Kreationen herzustellen. Sie waren zwar nicht immer unter den neusten Entwicklern der neusten Trends, doch dies fungierte eher als Ansporn für die Zwei und sie konnten stolz auf ihre erbrachten Leistungen sein. Ellas Gedanken schweiften nun ab und sie überlegte was sie noch heute alles machen wollte. Einkaufen, ein wenig Kochen und sie musste noch dringend für das geplante Frühstück mit ihren Freundinnen einen besonderen Tee aus dem Teeladen besorgen. Und wieder hatte sie das Saugen verdrängt. Klar auch, denn der lange Saugrüssel stand viel zu oft dort, wo sie ihn nicht sehen konnte.

Sie blickte nun nochmals zurück was passiert war und überlegte, was sie bei solch einer Situation in Zukunft noch verbessern konnte. So störte es sie, dass viele Menschen nur abdrünnig und abwesend dreingeschaut hatten, und keine Initiative aufkommen liesen, was sie wütend zur Kenntnis nahm.

Ihr Leben auf der Ranch im Zentrum der Vereinten Staaten von Amerika, dass sie drei Jahre leben konnte, war von dem Gefühl der gelebten Wertvorstellung anders geprägt, als sie es hier feststellen konnte. Sie erinnerte sich gerne daran zurück, als die lauen Sommernächte den Dunst über das Land schweben liesen, und der Schweiss vom Tag in einen abkühlenden Zustand über ging. Wenn der Sonnenuntergang sich breit über dem Horizont ausbreitete und die Vögel noch sacht ihre letzten Lieder zierbten, konnte sie bestens zu Ruhe kommen. Meist rauchte sie dabei eine Zigarette und trank frischen Minztee.

Colorado hatte es in sich, aus der Ferne konnte man die Bergketten sehen, die Sonne knallte durch die Prerrie und der nahgelegene See spiegle die Ruhe der Gegend wieder. Der Staub weddelte öfter durch die Gegend, einige Pferde sprangen noch beinahe wild und ungestühm, aber in dieser Weise voller Freude ihrer eigentlichen Bestimmung entgegen.

Hier war es anders, aber nicht so, dass sie es immer bereute hier zu sein, nein, sie mochte ihre Heimat dennoch.

Durchs Fenster sah sie ihren Nachbarn wieder gerade Wäsche zusammen legte. Die Strilizien auf der Simse blühten in einer wunderbaren Art und Weise und man konnte glauben, dass die versteckten Blütenstränge eine Energie freisetzte, die von einer tiefen frischen Nuance durchzogen wurde. Der ovale Tisch mit den geschliffenen Holzfasern glänzte von der Sonne, die sich ihren Weg durch das Fen-ster suchte so, als würde man das glänzende Ebenbild der Atmosphäre auf einem Punkt fixieren. Und es kam ihr in den Sinn, dass sie nun doch gleich los gehen könnte, sonst würde sie es wohl am heutigen Nachmittag nicht mehr schaffen sich aufraffen zu können, denn sie kannte sich und wusste, dass sie dann an solchen Tagen von einem auf den andern folgenden Gedanken stolpern würde und schließlich nur noch entspannt die Stunden vor dem Laptop oder Fernseher verbringen würde.

Sie könnte einen kleinen Umweg über den Saloon um die Ecke machen, um sich frischen Nagellack zu kaufen, bevor die den Drachendrunk aus dem Bioladen mit der riesigen Auswahl an Teesorten besuchte. Die Vögel pfiffen, das Wetter hatte eine schöne Harmonie über die Stadt gelegt, vereinzelt turtelten Liebespaare auf den Straßen. Viele der Menschen schienen in Eile zu sein, so war es offensichtlich, dass ein Feiertag bevorstand.

Einige suchten bei einer Tasse Kaffee ein gemüt-lichen Gedanken, der sie nach der Genußpause an-spornen konnte, um kurzzeitig dem schnellen und hektischen Sog der Menge zu entkommen. Ella purzelte wie von selbst in die gleiche Stimmungslage und war wie magisch angezogen von dem leeren Stuhl im Café Latorno. Übrigens eines ihrer Lieblingscafés, hatte die Zubereitung der Getränke doch einen besonderen Touch und vermittelte noch echtes Können. Zucker, ein wenig Milch und wieder war der Tisch um einen kleinen Klecks reicher geworden. Verlegen grinste sie ein Mann vom Nachbartisch an. Nicht gerade Ellas Typ, er war so steif und schien sein Lachen nur aufgesetzt zu haben, so jedenfalls hatte es sich im ersten Augenblick zu erkennen gegeben. Sie reagierte dennoch höflich, spielte mit, vergass ihren Klecks und lies sich auf ein kleines Gespräch ein. Er meinte, dass es doch verwunderlich ist, dass die ganze Zeit Menschen sich überlegen, wer wohl am ehesten zu ihnen passt, und ausgerechnet er die Chance bekommen habe, jetzt die Richtige ansprechen zu können. Ella entgegente mit einem leicht zynischen Unterton in mässiger Stimme, ob er denn an die Magie der gebildeten Geschmacksdetterminanten glaube, die er in der Pubertät entworfen hatte, und sicherlich durch seine Freunde mitbestimmt waren. Darauf musste er kurz mit einem zynischen Lachen antworten und fühlte sich wohl dennoch in der Situation überlegen. Ella hatte mit einer anderen Antwort gerechnet. Er verstand es wohl als selbstverständlich seine wahren Gefühle nicht zu zeigen, und so konnte Ella daraus schließen, dass er einer von der Sorte sein musste, die zwar viel auf sich vereinen können, jedoch nicht adäquat reagieren können, was letztendlich dem Witz und Frotzeln in gegensätzlicher Richtung steht.

Ella schaute kurz weg, und spielte ein Spiel. Ob er nachschauen würde und weiter ein Interesse hegen würde? Sie hatte nun verstanden und schämte sich ein wenig über ihr eigenes Empfinden. Und leider passierte ihr auch noch ein kleines Missgeschick, der Löffel lag auf dem Boden und sie verschluckte sich in Anbetracht dessen, dass sie nun eine Chance ermöglicht hatte, um ihn weiterhin kurz an sie zu binden. Er interessierte sich natürlich nicht für den Löffel, sondern gab ihr einfach den Seinigen, was irgendwie sympathisch und erwartet war, weil sie wusste, dass der Zufall wieder einmal eine kurze Entspannung zum vorigen Ablauf mit sich brachte. Gemeinsam wechselnden sie dann doch noch die ein oder andere Worte bis Ella weiter sportete um rechtzeitig wieder zu Hause zu sein. Eigentlich wollte sie ja noch schnell zum Kiosk um sich die neuste Zeitung zu holen, aber diese lag ja schon auf ihrem Couchtisch. Schön und leicht verplant war sie immer, das machte sie aus und Ella empfand es als Herausforderung eines Tages, wenn sie dann schon gealtert wäre, sie dann sehr geordnet durch die Fußgängerzonen schlendern würde.

Irgendwie langweilig die Vorstellung und dennoch amüsant darüber nachzudenken, konnte dies doch ihr Leben ein wenig beeinflussen und dazu beitragen, dass sie in Zukunft noch öfter an solche Konstellationen dachte, was dann wie eine Lawine, die sich soeben noch aufbauen musste, in ihrem Kopf festsetzte und sie irgendwann keine Gegenstrategie entwickeln konnte.

Ihr Handy klingelte. Eigentlich hatte sie jetzt gerade keine Lust auf Telefonieren, aber die Gewohnheit drängte sie das Deck nach unten zu ziehen.

>> Hallo!<<

>> Hallo Ella! Schau mal um die Ecke, ne doch nicht, wollte dich nur fragen, ob du morgen Lust und Zeit hast...<<

Er lachte etwas verlegen. Ellas Puls war schon im

Hals stecken gelieben und wieder setzte er erneut an.
>> Was würdest du meinen, wenn ich dir gestehen würde, dass ich dich bald möglichst gerne sehen möchte... ich möchte dich zwar nicht unter Druck setzen, aber morgen wäre ein wundervoller Tag, nicht gar weil das Datum utopischerweise überschätzt würde, nein, morgen ist neben dem mollig wärmsten Tag auch noch eine kleine Aufführung unter dem lauschigen Himmel. Was nicht heißen soll, dass ich dich bestechen will. Eigentlich wollte ich nur fragen ob du...eben morgen...und es ist echt ein gutes Stück.<<
>> Hallo Fitsch, ok, nein, ich meine ja, klar. Wegen mir gerne, kann nur nicht laufen, musst mich eben tragen, aber Hände weg von meinem Popo.<<

Jetzt hatte Ella etwas zu Schmunzeln, und es war klar, dass das Treffen zustande kommen würde.

>> Du ich muss los! Ruf mich einfach morgen kurz an, is ja Wochenende, da lieg' ich eh nur in der Badewanne, wenn diese nicht schon wieder von meinen Haaren verstopft ist, als Tschüß, freu' mich!<<

Sie schlürfte schnell weiter in den Teeladen und wieder nach Hause.

Kochen, saugen, wischen, umfallt.

Da fiel ihr ein apropo „umfallt", gerne würde sie auch mal wieder richtig schön reiten, wie eben damals auf der Ranch als sie alle Freiheiten der Welt hatte wenn es darum ging durch die Prerrie zu galoppieren. Trapen war nur bei schlechtem Wetter erlaubt. Aber es war auch klar, dass sie jetzt auch noch das was nächste Woche anstehen würde kurz durchdenken sollte. Wenn sie nämlich am Montag voller neuer

Energie, und diese konnte zum jetzigem Zeit-punkt aus dem wundervollen Gefühl hervorgerufen werden, das entsteht, wenn zwei Menschen sich neu kennen lernen. Weitere Versuche oder gar der Vorgeschmack an das Treffen mit Fitsch waren von einem leichten Missmut besiedelt. Aus ihrer früheren Beziehung zu ihrem langjährigen Freund, mit dem sie in einer Seelengemeinschaft in Form einer endlosen Liebe genau das Leben gelebt hatte was sie sich annähernd als perfekt zu dieser Zeit auslotete, hatte sie immer noch ein wenig zu nagen. Und dennoch war diese in der Schlussphase gescheitert, was jetzt auf die in der Luft liegenden möglichen Beziehung zu einem neuen Mann in einer gewissen Weise Einfluss nehmen konnte und Ella ein wenig in ihrer aufflackernden Euphorie zügelte. Sie haderte geradezu, ihr Bauchgefühl war noch nicht ganz von den Vorbehalten und offenen Fragen befreit, und doch wünschte sie sich sehentlichst einen neuen Menschen, der zu ihr stünde und sie noch glücklicher machen konnte als sie derzeitig schon war.

Sie durchstriff ihr Haar, lauschte noch kurz nach den Glocken der nah gelegenen Straßenbahn und versank in ein wundersames Gefühl der Geborgenheit, so wie wenn ein weit entfernter rötlicher funkelnder Strahl der Sonne direkt in ihren Körper eindringen würde. Das Radio hatte auf einem alten Beistelltisch vom Flohmarkt seinen Platz. Sanfte Melodien durchdrangen den Raum. Sie setzte sich, nahm einen Schluck aus ihrem Glas und zündete sich eine Zigarette an. Ein kurzes Husten und ihr war klar, dass der Stengel mal wieder den Atem abschnürte. Sie konnte nur nicht so einfach aufhören. Mehr als zehn Jahre hatte sie schon geraucht. Im Frühjahr, so meinte sie, könne man besser eine

Rauchentwöhnung machen, was ziemlich naiv war, das wusste sie. Auf der anderen Seite, warum auch nicht, scheint doch die Welt in einem Rahmen sich wie funkelnde Kristalle neu zu formen und zu wachsen. Nach dem langen kalten Winter, in dem die Heizkosten von vielen aus der Stadt mit Wehmut zur Kenntnis genommen waren, hatte sie es besser erwischt. Sie konnte ihre Beine auf ihrem Boden wärmen, der seine Energie von einem etwa acht Meter tiefen Loch speiste. Die Erdwärme war eine angenehme Erfahrung in ihrem Leben. Sie hatte dadurch einfach noch ein positiveres Gefühl und freute sich in die Nachhaltigkeit reininvestiziert zu haben, was ihrer Meinung nach einem Nachhaltigkeitsgedanken an die Erde gleichkam. Kurz kam es ihr in den Sinn, und sie stupste ihre Asche von der nun halb abgebrannten Zigarette in den kleinen Bottich, wie sie ihn nannte. Jetzt noch schnell die Buchung für ihren kleinen Ausflug nach München und schon hätte sie für den restlichen Tag ihre Dinge, die unbedingt erledigt sein mussten genüge getan. Dort würde sie neue Partner treffen um ihren Galerieladen mit neuen Errungenschaften aus aller Welt zu bestücken. An oberster Stelle hoffte sie auf einen guten Deal mit neuen fair gehandelten Produkten aus aller Welt, um ihrem Laden, den sie nebenher mit einer Aushilfskraft bestritt, noch attraktiver und ansehnlicher zu machen. Jetzt aber, nachdem sie die letzten Klicks auf ihrem Laptop getätigt hatte, wurde Fitsch in ihren Gedanken immer lebendiger. Kaum konnte sie es abwarten ihn wieder zu sehen. Er war nicht klein, nein, mit Sicherheit konnte man sagen, dass Fitsch zu den größeren Menschen auf diesem Planeten gehörte. Nicht nur seine Hände waren groß, sondern auch das was sich hinter seinem langem

Haar, das sich über die Augen bei Wind so wellte, dass ein wellenförmiges Flackern dieser entstand.

Ella blickte kurz zum Fenster. Etwas hatte sich bewegt. Wohl ein Vogel, der im Sturzflug nach frischen Würmern in den außen hängenden Blumenkästen nach seinem Hauptmahl suchte. Irgendwie witzig, dachte sie und lehnte sich zurück. Vermutlich war es aber nur ihr Windspiel das stetig seine Seiten am Fenster wechselte, wenn der Wind gut stand. Besonders gefiel Ella auch sein Kleidungstil, der mit Schlaghose und verknorpeltem Hemd seinen eigenen Stil hatte. Wichtiger noch empfand sie seine charmante Art, die sie beim ersten Treffen kurz so verzauberte, dass ihr Grinsen für eine unbeschreiblich lang gefühlte Zeit anhielt, was ihr schon fast verräterisch vorkam. Sie konnte damals nur doch Ablenkungsversuche die Spannung erhalten und freute sich, dass er angebissen hatte. Der Fernseher dröhnte von darüber liegenden Stockwerk die neuesten Nachrichten. Wohl, so konnte sie es verstehen, hatten die Israelis mit europäischem Zuspruch, auch der der deutschen Bundesregierung, ein Bombardement in der Negevwüste simuliert, um auf die drohenden atomaren Besitztümer der Iraner gewappnet zu sein. Schlimm und kaum zu glauben, dachte Ella und war nun versucht wegzuhören.

Seit langem konnte sie die ganzen Nachrichten um da Wettrüsten in den arabisch-asischen Welt nicht mehr hör-en, ging es doch um viel und es war auf der einen Seite so undurchsichtig und auf der anderen Seite so klar was momentan geschehen war -

Sie war schon lange nicht mehr Wählen gegangen. Manchmal, wenn sie es wichtig empfand, spendete sie den eher aufgeschlosseneren Parteien ihr Kreuz, aber dazu gab es seit vier Jahren keinen Anlass mehr.

Diese hatten auch beim Volksentscheid über die Beteiligung deutscher Einsatzkräfte in Israel – Irankonflikt keine ausreichend zufriedenstellende Antwort auf die Strapazien der Zeit gefunden.

Jetzt schaute sie dennoch nochmals nach dem Abflug und überprüfte kurz die Abflugszeit um auch sicher gehen zu können, dass sie sich auch nicht vertan hatte. An einem Tag wie heute pflegte sie die Stunden in einer gelassenen Ruhe vorbei streichen zu lassen. Der Fernseher lief jetzt auch bei ihr und die Wandbilder spendeten kleine Beiträge für ihr Seelenleben. Warmer Tee dampfte seine Sinnlichkeit in den Raum hinein. Jetzt plätscherte das Wasser in der Wanne, zu Feier des Tages war der Korken geplatzt und seichte Musik schallte durch das Badezimmer.

Ihre Beine waren das erste im wärmenden Wasser und schon folgte ihr Körper. Das Schaumspiel und die ätherischen Öle unter den symetrisch angerichteten Teelichtern entfalteten ihre Wirkungskräfte. Sie war entspannt, glitt ihrem Körper entlang und hatte sich in der Zeit verloren.

Lag da ohne auch nur einen Gedanken an aufreiberische Situationen zu verschwenden. Klar auch, sie hatte die Öle gut gewählt. Als es an ihrer Wohnungstüre klopfte konnte sie sich nicht durchringen aus dem molig Warmen aufzustehen. Neugierig über den, der da wohl seine Finger gegen das Holz schlug war sie dennoch. Und eine kleine Überraschung schlug sie nicht aus. Zwar dachte sie, erst morgen könne es zu ihrem Treffen kommen, doch möglich war alles. So verharrte sie noch kurz und entschloss sich dann dennoch schnell an die Türe zu gehen. Einen guten Eindruck würde sie auf jeden Fall hinterlassen, und ein bißchen Haut würde ihn ja auch nicht stören.

Beinahe wäre sie noch ausgerutscht, schon hatte sie den Knauf in der Hand.

>>Guten Tag, ihr Paket.<<

Und ihr war klar, dass sie völlig umsonst aufgestanden war. Dennoch, es hatte trotzdem etwas Gutes. Schließlich wusste sie, dass das Sommerkleid, dass ihres Erachtens wohl das Innere des viereckigen Kartons zierte, genau zur richtigen Zeit angekommen sein musste, denn die letzten wie auch die nächsten Tage standen im Zeichen der Sonne. Sie liebte es sowieso, wenn die Tage länger wurden und schon früh am Morgen die Vögel zwitscherten, wenn der leichte Nebel sich in atemberaubenden Schnelligkeit in Luft auflöste, und dennoch zuvor wie ein Umhang über der Natur legte. Ella fühlte sich einfach auch ein großes Stück fiter, wenn die Welt in ihrer vollständigen Farbenvielfalt sich ihr präsentierte.

Sie legte das Packet auf die Couch und huschte schnell wieder ins dampfende Bad zurück und fand wieder schnell in die Entspannung zurück, die sie soeben kurz unterbrechen musste. 99 Mal, hatte sie gefühlt schon an das Treffen am morgigen Tag gedacht und ihr kam es so vor, als würde sie doch über das hinwegsehen können, was ihr in ihrer letzten Beziehung und dessen Ende widerfahren war. Sie verkniff sich jetzt eine Träne. Der Schaum legte sich nun langsam nieder und wurde zu Wasser, ein Zeichen nun langsam an das Aufstehen zu denken. Doch sie entschied sich anders. Gemütlich griff ihre Hand an das bereitstehende Duschgel mit Orangenextrakt und dosierte eine weitere Einheit ins Wasser und lies dabei heißes Wasser zu fließen. Ihre Beine wackelten und eigentlich könnte sie nun noch schnell telefonieren. Sie wählte die Nummer ihrer besten Freundin Grit und schon waren die Beiden in einem

Gespräch.
>> Hast du letzte Woche deinen Fang gemacht?<<
Sie meinte natürlich Fitsch. Ein kurzes Lachen. Und schon schweiften sie zu den Vorkommnissen in der gasenhaften Straße kurz vor ihrem Haus ab, wo Grit beobachtet hatte, dass Kurt, ein langjähriger Alkoholiker jetzt schon zwei Stunden vor Kneipenöffnung mit seinem Schlafsack die Gasse aufsuchte um an neuen Stoff zu kommen. Offensichtlich war dieser in der Szene bekannt und vor kurzem Obdachlos geworden. Hatte ihn doch seine Frau vor die Wahl gestellt. Schlecht für die Kinder, meinte Grit. Diese waren zwar schon älter, aber dennoch war ja bekan-nt, dass diese Konstellationen einen Einfluss auf die kindliche, wie auch in der Aduleszens befindlichen Phase des Lebens einschneidende Folgen für jene bedeutete. Juran und Max, beide waren sie nicht älter als geschätzte sechzehn, Juran sah zwar bedeutend älter aus, dennoch war auch er sehr von den Ereignissen, die seinen Vater betrafen betroffen, das konnte man immer wieder merken, wenn er beschämt in der Schule berichten musste, dass auch an diesem Elternabend keiner Zeit hatte, und er ständig auf angebotene Ausflüge zuerst so spielen musste, als könne er es sich locker leisten. Seine Mutter arbeitete in einer Boutike, die bis zweiundzwanzig Uhr geöffnet hatte, und war somit unabkömmllich. Max sah man desöfteren auf der Straße mit seinen Kumpels sitzen. Nicht gerade der ideale Umgang meinte Grit für einen Jungen, der gerade in einer schwierigen Phase sei. >> Wir können ja Marla fragen, ob diese eine Idee hat, damit die nun fast Erwachsenen auch ihrem Stand gerecht werden konnten.<< Marla war die Sozialarbeiterin aus dem Umfeld und hatte zu vielen Jugendlichen Kontakt,

nur an diese zwei hatte sie noch keinen Annäherungsversuch angestellt, wohl auch deshalb, weil die nur selten auf der Straße waren und sich bestimmt nach Grits Einwurf im Haus verschanzten. Max hatte zwar eine Freundin, doch diese war auch schon aus dem Kinder-heim ausgerissen und wollte ihr eigenes Leben führen. Grit merkte, dass auch sie eine vorurteilgefüllte Meinung über gewisse Konstellationen des Lebens hatte. Schade eigentlich, so dachte sie und schämte sich kurz. Das Thema war ja auch nicht unbedingt das Einfachste das es zu besprechen gab, aber es blieb unweigerlich eine Konstellation zurück. Nämlich die, dass wenn ein Privileg bei einem Menschen fehlt, es dann zu einem Defizit auf der anderen Seite kommen kann, oder eine Entwicklung auf lange Sicht vorliegt, die einer normalen Entwicklung in einer abweichenden Form der Diskrepanz von nun an existieren würde. Sie hatte vor Jahren einmal ein Buch gelesen, indem diese existenziellen Determinanten besprochen wurden. Ella gab nun auch einen Kommentar ab und das Gespräch wurde beendet.

Ella kam spontan in den Sinn, dass sie nun mit ihrem kleinen Smart auf den kleinen Berg, der oberhalb der Stadt lag, gerne hinfahren würde, um die Sonne zu sehen, die wie brennende Flammen über die nun schon vorhandenen Ähren brennen würde, und das Grüne in seiner Vielfalt spiegeln lassen liese. Um die Ecke war er geparkt und das Abtrocknen ging nun viel schneller als gewöhnlich. Schnell noch ihre Zigaretten eingesteckt und schon saß sie in Mitten neuster Technologie und hatte den Hang die Schnelligkeit in ihrem Körper spüren zu wollen.

Ein ziemlich entspannter Tag dachte sie so

nebenbei, und raste über die Prerrie. Jetzt musste sie abbremsen, die Spaziergänger versperrten ihr den Weg und von Weitem konnte sie einen Hund entdecken, der mit seinem hellbraunen Fell mit den weißen Punkten vergnügt aussah, und seine Bogen über den Acker schlug. Es ging nun in eine leichte Linkskurve direkt auf eine nachfolgende Steigung, die direkt auf eine Ebene zum höchsten Punkt über die Stadt führte. Von dort hatte man einen unbeschreiblich schönen Blick über die Stadt, die jetzt wohl zwei Kilometer weiter entfernt in den Blick hineinragte. Von Weitem blitzten die Dächer in einer roten Farbenkonstellation auf und man konnte deutlich die Burg mit der noch übrigen Stadtmauer, die aus dem 12. Jahrhundert noch ihre Über-bleibsel hatte, erblicken.

Jetzt hatte ihr Handy geklingelt und Marc, ein bekannter aus früherer Zeit, berichtete seine Erlebnisse und Ergebnisse, die er zur Zeit in Italien bei seinem lang ersehnten Diplomatentreffen erreicht hatte.

>> ich schicke dir ein Hörspiel, das unsere Arbeit im Hörspielformat dokumentiert, so wurden nur oberflächlich ein Paar Dinge erzählt, aber es kann sein, dass das was ihr so neben den Worten versteht, euch auf was bringen kann, was uns sehr wichtig ist, denn die Dinge werden sich verändern, Unterstützung kann von Bedeutung sein, mehr kann ich nicht sagen, ich muss weitermachen. Wir sehen uns hoffentlich.<<
Schon klingelte ihr Handy und eine zwei Komma fünf Bit große Datei konnte geöffnet werden.

Das Hörspiel begann.

Es war Mark.

Er zündete sich eine Zigarette an und beobachtet wie langsam die Glut in silberne Asche überging. Es war warm und stickig, die luftige Atmosphäre drückte auf den Planeten ein und man konnte sehen wie sich die Blumen in der Sonne spiegelten. Es war ein Tag, einer wie es schon tausende gab und geben könnte, doch etwas Geheimnisvolles und Einzigartiges war geschehen. Eine Chance, so greifbar nahe und doch fern. Es war eine Entscheidung, so zweifelhaft richtig - Mark hatte sich mal wieder die Finger verbrannt.

Die großen Bäume spendeten Schatten und leise kam ein Hauch Wind über die dühnenhaft angelegten Landschaft, die sich durch ihre große und kleine Hügeln und Wiesen, die eine Aura von Schönheit, Wärme und Leben ausstrahlten und durch ihre Farbenvielfalt ein Bild der Gesamtfaszination für das betrachtende Auge vermittelte. Mark stellte fest, dass die umliegende Natur ihren eigenen Willen hatte, so vermittelte sie doch ein Gefühl der Geborgenheit und Perfektheit in Bezug zu ihrer eigenen Existenz. Er blickte erleichtert, und seiner Vision träumend entgegen, in die Ferne. Es kam ihm in den Sinn, dass er gewonnen hatte. Er hatte es geschafft - und er war stolz, denn schon seit nunmehr zwei Jahren war er nur noch von einem Gedanken besessen, endlich fort, raus aus der Unterdrückung und dem endlosen Eingesperrt sein. In Europa kannte man die Szenen aus dem Fernsehen. Nach einem schönen Wochenende im Freien, bei einem Grillabend mit den Liebsten, musste man schon montags den neusten Anschlag der konkurrierenden Lebensauffassungen leidend zur Kenntnis nehmen. Die Frage richtet sich in solch einer Situation stets an den Gedanken, der es zulässt die entscheidenden Einflussgrößen solch einer schweren seelisch ausbeuterischen Konstellation des Kampfes um die richtige Meinung über die Lebensweise, wie sie durch ihre Urgroßväter vorgegeben war, in ein Verhältnis zu setzen, das einem Wunsch enstpräche, die Wirklichkeit des menschlichen Zusammenlebens an die oberste Stelle des Handelns zu etablieren. Marc hatte es satt, und er lebte gnadenlos nur noch von einem Gedanken heraus getrieben, er wollte es schaffen, er hatte die möglichen Folgen für seine Generation gesehen, beobachtet und für sich richtig interpretiert. Die Situation, die er vorfand, verrieten ihm, dass er nun an einem Punkt angelangt war, in dem er selber tätig werden musste. Der Keim einer Ideologie über die vernarrte Handlungskette der krotesken Basis des menschlichen Zusammenlebens, wurde nur allzu oft bedrückend und mit dem Mut einer Veränderung von ihm zur Kenntnis genommen. So konnte er den Druck nicht mehr ertragen, der auf seinen Leuten niederprasselte. Die Bombardements am Ende der Stadt, bei denen er unzählige Verwundete gesehen hatte, riefen ihn nun zu einem Gegenschlag der Greultaten auf. Er, er hatte aus seiner Vergangenheit einen anderen Entschluss gefasst als viele andere in der kleinen Stadt, in der er sich noch vor kurzem aufgehalten hatte. Überzeugt von den Mächten der Diplomatie, hatte er mit Verbündeten seiner Ideologie eine Gruppe gegründet. Zur jener Zeit hatten sich wohl noch nicht all zu viele wichtige Menschen der Wirtschaft und Politik für die Gruppe interessiert. Kein Wunder, denn sie mussten verdeckt und ohne großes Aufsehen aggieren.

Ella überlegte kurz und verstand, dass es sich um ein Hörspiel handelte, dass wohl die Reise ihres alten

Freundes erzählte, der auf diplomatische Art und Weise versuchte den Nahen Osten in eine Entspannung zu bringen. Doch warum meinte er seine neuesten Aktionen? Sie wusste, dass er ein Palästinänser war und für den Frieden zwischen den Israelis und Palästinänser kämpfte. Ella war nun auf den Rest gespannt, verlies ihr Auto und suchte sich ein ruhigeres Plätzchen, das von keinen weiteren Spaziergängern frequentiert wäre und fand sich in einer für Pilger angelegte Stelle wieder, die zur Zeit gesperrt war, und von den Grundzügen am ehesten wie die Überbleibsel einer Stadt der alten Römer aussah. Sie setzte sich auf einen Stein, legte ihre Hände unter die Schenkel, damit diese nicht all zu kalt würden und setzte das file fort.

Schon oft hatte er damals den 48 Meter langen und 18 Meter hohen Rest des Tempels von vorne betrachtet, das mit Maschinengewehren bewacht wurde. Dort suchte er die Gerechtigkeit und Eintracht der Menschen. Jüdisch orthodoxe Menschen mit langen Bärten und schwarzen Gewändern vermischten sich mit Palästinensischen, und so war die Klagemauer für ihn ein Symbol für Vereinigung und Glaube. Man konnte dieses symbolträchtige Bauwerk einer vergangenen Zeit, dass in seiner geschichtlichen Tradition nur von Selbstvertrauen heraus strotzen konnte, als Ressource eines Landes sehen, dass von den unterschiedlichsten Menschengruppen und Religionen, aber auch politisch motivierten reaktionär gebildeten Gruppierungen bestand. Zwar konnte man bemerken, dass sich die streng gläubigen Menschen von den anderen abgrenzten, dies konnte man auf die eigen entworfene Gesellschaftsform zurückführen, die das Ziel hatte, die eigene Befreiung durch einen praktizierten Ausgrenzungsmechanismus, in dem sie gegebene staatliche Strukturen ablehnten und gleichermaßen seitens der Regierenden dazu gezwungen waren auch dies nicht ändern zu müssen. Da es dem Intergrationswunsch aller Israelis entsprang nun eine relative Chancengleichheit unter den Menschen herzustellen, wurde der Militärdienst allen Beteiligten zur Ausübung gewährt, was eine Folge auf die Möglichkeiten und sozialisierenden Lebenspraxen nach sich zog.

Marc's Gefühle, Eindrücke und Gedanken über die Freiheit und dem sehnlichsten Wunsch wieder normal leben zu können, wurden immer wieder von Kontrolle, Sanktionen und dem Erhalt einer Struktur, die es zum Ziel hatte, die westlichen Ansichten über die Funktion eines Bindeglieds zur nahangrenzenden Unförmigkeit der Chancen herauszustillisieren, unterdrückt. Oft hatte er mit Keer darüber gesprochen. Er war es der ihm immer wieder gut zuredete und dafür sorgte, dass Mark seinen Traum nicht aufgab. In dieser Form jaggte er einer Utopie nach, von der er sich versprach, und das war letztlich auch die Auffassung der gegründeten Gruppe, einen Ansatz zu finden, der sich dem normalen Beobachtungs- und Auslegungsherrlichkeiten entzog.

Stundenlang waren sie noch an dem kleinen Tisch in der Abenddämmerung gesessen, der die Beiden zu neuen Pläne und Überlegungen inspirierte.
In langen Nächten, ja auch in Israel leuchten die Sterne, nur anders, so hatte es Keer einmal formuliert, als er in einer Debatte über die Vorkommnisse des vergangenen Tages bedrückt zur Kenntnis nehmen musste, dass wieder eine Entführung stattge-

funden hatte, und die Medien nur zaghaft, ja schon auf ihre eigene Weise über die Vorkommnisse berichteten.

Demnach hatte sich ein alter Mann, mit früheren Kontakten zur israelische Armee umorientiert und schmiedete Pläne die Zone zu verlassen. Das Militär bekam Wind und beschattete seine Familie und passte den Augenblick des Fluchtversuchs geschickt ab. Die Medien entlarvten den Alten pauschal als iranischen Komplizen, der dem Waffenschmuggel bezichtigt wurde. Nur wie, und das wurde von den engsten Menschen beobachtet, die den Mann umgaben, konnte jener eine solche Tat moralisch vertreten, wenn er vom körperlichen Gebrechen gezeichnet war, und längst nicht mehr in der Lage war, solch einen Plan der unterstellt war, in die Wirklichkeit umzusetzen vermochte.

Ella war nun ein wenig erstaunt und ihr fiel ein, dass es in Deutschland zu Zeiten der DDR ähnliche Konstellationen gab, was sie so aber nicht ernsthaft annehmen konnte, und ihren Gedanken wieder verwarf. Eindrücklich erinnerte sie sich, dass es am Checkpoint, als die Amerikaner über die Luft die Stadt versorgt hatten, es einen Mann gab, der Kontakte zu Mittelsmännern der sowjetischen Vermittlungseinheit hatte, und dann wegen der Tatsache, dass er einigen Bürgerinnen und Bürgern einen Vorteil aus seinem erfahrenen Wissen zuspielen konnte, festgenommen. Er wurde jedoch in die USA ausgeflogen und bis zum heutigen Tag gibt es keine genauen Anhaltspunkte für seinen Aufenthaltsort. Irgendwie empfand Ella es nun als angebracht zurück zum Auto zu gehen, nicht weil ein Wind aufkam und die Vögel im Sturzflug nach neuen

Errungenschaften für ihre Mägen suchten, sondern weil sie vermutete, dass das Hörspiel noch ein wenig weiter gehen würde. Dennoch, der Ausblick war zu schön um sofort alles abzubrechen. Der Rauch pfiff aus ihren Nasenlöcher, ihr Seidenschal wehte und ein kühles Gefühl durchglitt Ella. War sie nun Zeuge geworden? Hatte sie eine Rolle? Konnte sie die richtigen Entschlüsse für sich greifbar machen und in die Realität umsetzten. Schließlich war sie nun hier in dieser Umgebung mit ihrer Wohnung in der Stadt gefestigt und sesshaft geworden. Sie kannte Mark aus den früheren Zeiten, er war ein lieber Kerl, wenngleich auch etwas überzwerch. Er mochte es nicht wenn es nicht voran ging. Ella erinnerte sich, dass Marc eine innige Beziehung zu Bettina, ihrer Freundin führte. Von da wusste sie nach den Grundzügen über die Konstellationen bescheid, die geplant waren um für ein Palästina einzustehen. Vor eineinhalb Jahre hatte ihre Freundin über Nacht die Stadt verlassen und war bis zum heutigen Tag nicht mehr aufzufinden.

Ihr Mini, wie sie ihren Smart nannte truckste als sie das Zündschloss umdrehte und von den Sitzen stieg kalter Rauch von ihren vergangen angezündeten Zigaretten empor. Die Nadel stand auf siebzig und die Pedale waren im dritten Gang voll durchgedrückt. Ein Kenner würde nun meinen, dass dies einer unterpriviligierten Handlungskette zwischen Pleuöl und Kolbenbewegung gleich kommen würde, was einen VW auf eine besondere Weise in ein gutes Licht setzen würde. Die Stadt zeigte sich vor ihren Augen, doch ganz alleine wollte sie den Rest nicht anhören. Wusste sie doch dass die palästinansische Freunde im Geheimen aggiert haben mussten, und das Material vertraulich und authentisch war. Nur wen konnte sie auf Schnelle finden. Sie versuchte es bei Grit direkt ohne Voranmeldung und klingelte an dem sechsstöckigen Hochhaus, das nicht umweit von der großen Allee der Südstadt mit seinen wenigen Parkplätzen seinen Standort hatte. Grit öffnete mit offenen Mund die Türe. Schnell waren sie bei der Sache und Ella erzählte was geschehen war. Natürlich hatten sie es sich auf der roten Couch mit Silberstreifen gemütlich gemacht. Grit war gespannt und konnte es kaum abwarten was Ella ihr nun vorspielen würde und sank tief in die Sitze ein um gemütlich zuhören zu können.

Über das zensierte Internet hatte Keer eine Seite eingerichtet, die es zuließ politische Diskussionen und Meinungen über prekäre Lagen, aber auch andere Interaktionsformen auf unzensierte Weise zu ermöglichen. Oft musste er die Inhalte neu verschlüsseln, waren doch seine Verschlüsselungsalgorithmen nicht gut genug für das israelische Militär. Schon in vergangener Zeit hatten sie nicht weiter als zwei Kilometer entfernt, einen Unschuldigen an seiner Stelle geschnappt. Dieser gestand und wurde auf lebenslang in den Turm der Isolation unter Ausschluss der Öffentlichkeit und Kontaktierfähigkeit zur Familie und seinen Freunde unter Gewahrsam genommen. Es war Achtung geboten und jeder Schritt musste doppelt und dreifach bedacht, geplant und abgestimmt werden.

Beide schauten sich an, eine ganze Weile war Funkstille und es hatte den Anschein, dass Beide das gleiche dachten. Offensichtlich war Ella und Grit eingefallen, dass sie schon einmal von dem Malör gehört hatten, als ihre Freundin, die nun verschwunden war, einen Vorabversuch zu einer Verschlüsselungstechnik, die sie bei einem Internetprojekt einer society-site im Netz, die eine gewisse Peer-Group anspach, erprobt hatten und genau zwei Tage ohne das Eindringen eines Trojaners am Laufen gehalten werden konnte. Die Enttäuschung saß damals tief und es hatte weite Wellen geschlagen. Am Ende wurde die Organisation für die sie gearbeitet hatten dafür verantwortlich gemacht und der Datenklau von fast zweitausend Onlineusern war zu einer Realität geworden, die nur in der Reue seine Genugtuung für die User ans Tageslicht zu einer schadens-begrenzenden Kontroverse ausgebreitet werden konnte. Damals arbeiteten sie auch auf ehrenamtlicher Basis bei der besagten dudath.is – Organisation, die in ihrer Ver-gangenheit etliche Versuche getätigt hatten, Infor-mationsrechte, also Medien und deren Technik in einen ethisch vertretbaren Handlungsablauf zu bringen, um gegen die immer gleichen Strukturen eine Alternative darstellen zu können. Jetzt konnte sich jeder vorstellen was es bedeuten musste in Israel eine Plattform für Gespräche in Form von Chats, Organisation-Tools und Identifikationsmenues auf die Beine zu stellen. Die Beiden waren gespannt was weiter folgen würde, nur ein heißer Tee musste dabei sein. Die Nachbarn waren nebenbei am Feiern einer kleinen Party, viele junge Stimmen waren zu hören und die Musik war auch nicht so übel.

Mark hatte es geschafft, er war in einer Welt voller Freiheit, Moral, menschlicher Zusammengehörigkeit, und erhofften Gerechtigkeit angekommen. Der Umschwung seines Erlebens, der Kontrast von noch vor Wochen erlebten Szenarien zur jetzigen Darbietung seines Seins konnte er noch nicht richtig fassen. Voller Dankbarkeit und dem mutigen Gedanken an neue Pläne ließ er seine Erfahrungen Revue passieren und freute sich in Italien angekommen zu sein. Als Künstler getarnt genoss der Palästinenser mit drei unterschiedlichen Pässen andere Privilegien als seine Volksgenossen. Er konnte von 7 bis 19 Uhr die ländlichen Grenzen passieren, und sich so Kontakte zu Verbündeten suchen. In Ascalón geboren war er der vierälteste Sohn von Fünf. Er und sein kleiner Bruder wuchsen bei seinem Onkel auf, da die Familiensituation es nicht anders zugelassen hatte. Ihre Mutter arbeitete nachts. Tagsüber schlief sie. Emanzipiert und doch geradlinig waren ihre Kinder nur ein Produkt aufbrausender hormonellen Gefühlsausbrüchen. Marc hatte schon als Kind die Stellung sich für die anderen verantwortlich zu fühlen, war er es doch der den Onkel in Verantwortung nahm seinen kleinen Bruder und ihn aufzunehmen. Der Älteste war bei einem Bombardement beim Spielen haarscharf dem Tode entronnen und somit dem Leben dankbarer gesinnt als Andere. Jetzt hatte sein jüngerer Bruder und der zweit Älteste ein Café in Holon eröffnet.Er wählte damals Holon, weil er davon fasziniert war, wie die heutige Stadt 1935 unter den Sanddühnen nicht unweit der sechs Kilometern entfernten Stadt Tel Aviv entdeckt worden war. Jüdische Einwanderer aus aller Welt hatten in Zeiten der Industrialisierung das Gebiet zu einer Metropole heranwachsen lassen. Heute findet man neben Designermuseen auch die berühmte Samariter Synagoge. Den Mittleren der Fünf Geschwister zog es zu den Pyramiden.

Ella erinnerte sich sofort an ihre Kindheit. Schon in

jungen Jahren war sie die kleinste von ihren drei Geschwistern, ihr ältester Bruder ist zum heutigen Zeitpunkt ein frisch verheirateter Jüngling mit knappen dreisig Jahren, spontan, ehrlich aber von Zeit zu Zeit auch ziemlich aufreiberisch, nervig und besserwisserisch. Luc, der zweit Jüngste unter den Wennigers' lebt in Dublin und fröhnt sein Dasein in Pubs und Café's, kein Zufall also, dass er selbst ein kleines Restaurant führt, das neben den landestypischen Fish and Chips auch Muscheln und Beef in Mengen anbietet. Damals als die Cliffs of Moha für die neue Touristeninvasion, die sich aus aller Welt ankündigte, in das Erbe der Felsformationen in Besondererweise eintraten, hatte er die Idee ein zweites Standbein zu seinem Restaurant sich aufzubauen, und so transportierte er Touristen direkt zu den zwei Stunden entfernten Felsen, die beinahe als achtes Weltwunder durchgegangen waren in travelform mit einem alten VW-Bus zu dem Wunder der Küsten Irlands. Die Faszination der Kraft der Wellen, die wie Stahl gegen die in den Himmel ragenden Felsformationen im Zeichen der am Horizont erleuchtenden Sonne, die in ihrer Weite die Sinnlichkeit der Ferne dann darbot, wenn sich die Beobachter zu Abendzeiten oder bei Sonnenaufgang dort hinbegeben hatten, bildeten ein beliebtes Urlaubsbild vom irischen Flair der Steilfelsen. Im Süden begab es sich zu einem anderen, entgegengesetzten Bild. Dort blühten die Gräser in saftigen Farben auf, die vom Wind schon gezeichnet waren und den Kontrast zu den kleinen Pfaden, die sich überall an den Irischen Küsten finden. Besonders beeindruckte ihn in diesem Zusammenhang die weite Sicht auf das Meer. Typische Fischerdörfer wurden von ihm auf der Fahrt zu den Cliffs angefahren, so dass die Touristen die teilweise typischen Lebensweisen der Einwohner nachempfinden konnten. Ella war in diesem Zusammenhang schon des Öfteren in Dublin gewesen und kannte Land und Leute. Immer dann wenn sie aus dem Flugzeug, die sich jetzt annähernde Bucht und Insel sah, ging ihr Herz auf. Sie war durch ihren Bruder eng mit der irischen Mentalität verbunden, hatte den Hang zu guter Musik, zu den typischen alten Beatles – Songs, die noch immer mit den Irish Folk in den Pub's von jungen Menschen zum Besten gegeben wurden. Besonders erinnerte sie sich immer an die witzigen Lebensweise der Menschen, die für ihren Geschmack ein ziemlich lockeres Volk waren. Dies zeigte sich besonders an den Zeiten an denen die handelsüblichen Geschäfte getätigt wurden, so sah sie nie Menschen vor Acht Uhr in der Früh und fast nie länger als fünfzehn Uhr, dann nämlich saßen viele in den Cafe's und genoßen Schokokuchen mit einem Rumtee, oder begaben sich gleich in die offenen Pubs. Ella schweifte ab und ihre Freundin bekam ein wenig hunger. Sie bemerkte kurz, dass sicherlich die meisten Irren zu Hause saßen, nachdem sie ihren Lebensunterhalt bestritten hatten, doch ein Besuch zeigte immer wieder die Träume auf, nachdem es einem selber war. So bestellten sie schnell beim Pizzaservice ihre Lieblingspizza und liesen die Geschichte fortsetzen. Wahrscheinlich hatte Ella nur eine Millisekunde an ihre Kindheit gedacht, und doch kam es ihr so vor als wäre es länger gewesen.

Oft sahen sie die Nachrichten als sie noch klein waren, doch konnten sie nur einen Bruchteil davon verstehen, weil die Angst und das ständige Achtgeben zu neuen bedrohlichen Situationen im Krisengebiet überwiegte. Kleine Bilder in flackernder Farbe mit O-Ton der Regierung waren in ihren Köpfen als Erinnerung gespeichert. Und noch keiner konnte verstehen und begreifen um welches Szenario sich ihre Umgebung drehte. Ab und zu hörten sie Schüsse und Panzer rollen, ja, sie kannten die konditionierte Angst wenn Handgranaten auf die Erde einschlugen und ihre Reaktionen mit dem Ziel der eigenen Rettung reflexartig ab liefen. Ihr Vater, ein Soldat, war bei einem Anschlag fürchterlich verwundet worden. Er konnte sich als er Heim kam nicht mehr selbst das Abendbrot machen und nur noch stammelnd seine Wünsche äußern . Nach zwei Jahren konnte man bei ihm keine Fortschritte mehr erkennen und so wuchsen die Kleinen fast nur sich selbst überlassen auf, bis sich eben der Onkel ihnen annahm.

Grit griff zum Glas, musste ihren Blick erholen. Wie konnte es nur sein ohne Vater aufgewachsen zu sein. Würde in diesem Fall nicht..., und sie merkte dass es wenig Sinn machte was sie nun dachte. Aber es berührte sie tief wie ein kaltes Zucken im Bauch und sie merkte wie sich ihr Gedanken erneuerte und zielte auf die Einsamkeit einer Seite eines Lebens ab, die immer wieder von der Sehnsucht von dem was fehlt, versucht das Mögliche zu kompensieren. Jetzt fiel Grit ein, dass es dort viele Menschen gab, die schon langjährig die Diskripanzen der großen zwei Lebensansprüche der religiösen entgegengesetzten Seiten selbstständig kritisch bewerteten.
Über Jahre hinweg waren schreckliche Bilder an der Tagesordnung, phasenweise speisten die TV-Sender maßenhaft Angriffe israelischer und palästinänsicher Truppen, die ihre Rache an der Rache der Rache in

einem fast ununterbrochenen Zustand immer fort fortsetzten.

Jetzt klingelte das Handy von Marc, der von Erleichterung geprägt war und sich freute einen weiteren Schritt geschafft zu haben.
>> Keer, bist du es?<<
>> Ja.<<
>> Deine Nummer...
bist du gut angekommen? Bist du unverletzt, wie geht es Asmoha?<<
>> Freiheit Keer! Freiheit! Ich bin angekommen, so wie wir es geplant hatten, es gab nur einmal eine Komplikation, aber Asmoha konnte mir helfen. Er, er ist wohl auf! Ihm geht es gut, ja, keine Sorge. Er hat sich im Hafen ein Quartier gesucht, eine Bleibe für zwei Tage, bis die Luft wieder rein für ihn war.<<
>> Gut! Hast du schon mit Jonny gesprochen?<<
>> Nein, nicht so schnell... bin eben erst vor der Stadt, ich kann sie sehen! Ich bin stolz, auf dich, auf uns, auf unsere Gemeinschaft...<<
>> Wann kann ich die anderen losschicken?<<
>> Gemach gemach, ich muss erst mit Jonny sprechen, dann machen wir es wie verabredet, ich melde mich aber nochmal.<<
>> Gut, aber nicht über das Telefon, benutz den Code 34.44 mit der Kombination wie besprochen, du weisst ja, ein Internetzugang genügt.<<
>> Ok, mach ich. Wir sehen uns bald wieder, bestimmt! Ich muss jetzt weiter machen...<<

Funkstille – so wurde oft ein Gespräch zwischen den Beiden beendet, abrupt und abgehackt, doch beide verstanden es nicht als Beleidigung oder gar eines schlechten Umgangs. Sie mussten aufpassen und schnell aggieren, ihr Netz war angezapft.
Noch etwa neun Kilometer Luftlinie trennten Marc von den im Kreis angeordneten Häusern, die starr ihren Platz auf dem Land schon, wie es sich später herausstellte, seit 180 Jahren zwischen den Hügeln platzierten. Marc schritt voran und er konnte es kaum erwarten endlich da zu sein um Jonny begrüßen zu dürfen.
Um sechzehn Uhr elf erreichte er die Stadt. Bunte Fahnen zierten die Gassen und Fenster. Der Asphalt war von der Wärme schon weich geworden und teeriger Geruch stieg an manchen Stellen der langen, breiten Straße auf.
Ein Zebrastreifen ohne Militär! Eine Straßenbahn ohne ein Schießgewehr!
  Marc lief schnell und geradezu angetrieben vom Gefühl geleitet die Anderen in seine jetzige Situation zu befördern. Hafenstraße, das war sein Ziel. Er kannte die Gegend zwar nicht, aber anhand der vorigen Beschreibungen durch Keer wusste er in welche Richtung er zu laufen hatte. Es gab genügend strategische Punkte die eine Orientierung zu lies, und so konnte er das Auto finden, dass auf seine Ankunft wartete. Angekommen winkte eine Frau mit kleiner, flacher Nase Marc zu, und öffnete das Fahrerfenster.

>>conoscere Lei camino Otranto City?<<

Marc rieb sich die Augen und dachte kurz an die

Worte die Keer ihm vor einiger Zeit beibrachte.

>>Favellare lei inglese?<<
>>Yes. Do you know the way to Otronto City?<<
>>Oh I thought I'm on the right way.>>
>>Yes, you are, come with me...<<

Marc stieg ein, denn er wusste, dass sie ihn zu Jonny führen konnte.
Sie fuhren an die zehn Minuten an Cafe's, Eisdielen, Geschäften und großen Plätzen vorbei, bis sie in die Seitenstraße eines abgelegenen Hofes am Ende der Stadt angelangt waren.
Kräftig gewachsener und in seiner Anzahl überwältigender Weizen begrüßte sie am Wegrand. Fließgewässer und eine kleine Brücke zierten die Umgebung, hohe Palmen und dürre Sträucher machten das Bild der Freiheit vollständig. Ein Kieselweg, wohl schon etliche Male befahren und neu angelegt war, zeigte ihnen den Weg zum ersehnten Treffpunkt. Angekommen standen sie vor einem riesigen Tor mit verzierten Monumenten. Eine Löwengestalt wachte über das Haus, daneben sah man auf den ersten Blick weitere Verzierungen, die im Gesamteindruck den Torbogen kunstvoll gestaltet unterstrichen. Neben der Veranda ging ein weiterer Weg zum Hintereingang ab, der gleichzeitig die Verbindung zur angrenzenden Scheune darstellte.

Marc klopfte an die Tür und ein kleiner Junge öffnete diese. Lächelnd entwich ihm kurz ein >>Ciao!<< und der Junge winkte ihn herein. Er musste wie die anderen zur Schule, nur gerade nicht, es waren Ferien. So hatte auch der renovierungsbedürftige Schulbus Pause und konnte auf Vordermann gebracht werden. Über eine lange knarrende Treppe mit abgelaufenen Stufen kamen sie in die Küche des Hauses. Ein hellbrauner Tisch zur Mitte des Raumes, der wohl schon mehrere Generationen hier stand, wurde mit mehrfach vererbten Stühlen umzingelt. Der Junge schritt schnell voran und rührte die Suppe für den nächsten Tag. Marc schaute auf und sah ihn endlich - vom zweiten Seiteneingang der zum Wohnzimmer führte stand Jonny endlich real vor Marc. Er hatte ihn gleich erkannt, wenngleich doch seine Narbe an der gutgebräunten linken Backe in Wirklichkeit noch größer war als er es sich vorstellte. Feurige Augen wie saftiges Moos leuchteten ihn an. Man konnte die Freude über den Besuch sofort erkennen und die Beine schritten eilig voran um Marc einen Handschlag zur Begrüßung zukommen zu lassen.

>> Hast du es geschafft? Was für ein Wahnsinn! Dann mal herzlich willkommen in unserem kleinen Gehöf in bella paradisio, nehme an, dass deine Anreise ohne Komplikationen verlaufen war. Willst du kurz etwas Trinken, wir haben im Keller frisch gepressten Orangensaft, ein kleiner Trick meinerseits hat ihn gefüllt, habe ein frisches Rezept, aber hör! Du weisst ja bestimmt von Keer, dass ich schon lange in der Branche bin. Ich hatte hier schon einige Größen der Politik, will damit nicht sagen, dass du einer davon bist, aber eure Aktion ist absolut die richtige Größe, wir verfolgen hier täglich was passiert, und es scheint als wäre die anvisierte Landüberquerungen ein probates Mittel nun dem Elend nicht unweit deiner Heimat zu entkommen. Sicher bist du gut angekommen, du hast es geschafft! Was für ein Wahnsinn!<<

Marc lächelte, griff zum frischen Saft und meinte
>> Asmoha hat mir geholfen, wir sind jetzt auch schon ein paar Stunden auf den Beinen, bin etwas müde, hungrig und freudig dich zu sehen! Und dein frischer Saft, super! Die alten umgelenkten Bräuche der Kellermeister hat immer wieder eine Überraschung parat, wenn es um die urige Kunst der Improvisation geht.hast du eine Nachricht von Keer?<<
>> Si, warte, ich hab' die richtige Lösungs sofort parat<<
und er zeigte auf den Laptop der auf einem Beistelltisch an der Wand seine Akkus lud.
>>Komm...<<
und er loggte sich ein. „Free Dom" war das geschriebene Programm von Keers alten Kumpel. Nach dem Einloggen musste man ein Frage beantworten, die Antwort wurde zum Zeitpunkt der Abfrage auf das Handy von Jonny übertragen, und so lies es sich sicherstellen, dass keine Dritte mit lasen. Jonny las die verschlüsselte Mail vor und gab ihm die Nummer 03588i und den Hinweis, den Code zu benutzen.

Marc war müde von der langen Reise, schließlich war er schon sechsundzwanzig Stunden auf den Beinen, ohne dabei geschlafen zu haben. Jonny zeigte ihm sein Zimmer und verabschiedete ihn bis zum späten Abend.

Keer hatte es geahnt und er wunderte sich, wie so etwas passieren konnte. Asmoha war einer seiner treuen Informanten und Gegenstreiter gegen die iraelische Armee. Er war im Libanon aufgewachsen und hatte Kontakte zur Roten Armee Fraktion, die gemeinsam mit denn Arabern ihre Ausbildung an der Waffe absolvierten, anders als die arabisch geprägte Lebensart, verwandelten sie den Militärübungsplatz zu einer frei gelebten Offenheit ihres eigenen Körpergefühls, anders als die arabischen Mitstreiter. Sie standen splitterfaser nackt mit der MG auf dem Platz, dies stimmt zwar nicht ganz, aber sie spielten in der Luft mit den neusten Kleinwaffen der unterschiedlichsten Typarten, und selbst dies war nur die halbe Wahrheit, so wusste er es. Der Anführer der Truppe war dabei ein besonders aufreiberischer Geselle, der durch Provokation und seiner starren Linie, der die anderen der Gruppe stark beeinflusste, so war er auch dafür verantwortlich das auf dem Schießplatz niemals ein BH getragen wurde, was für die Araber eine Anspielung auf ihren Glauben war. So kam es, dass der Platz ständig von Ungeräumtheiten der einzelnen Gruppen geprägt war. Asmoha war über ein Befreiungsschlag der Roten Armee Fraktion als politischer Häftling frei gepresst worden und hatte nun als Widergutmachung die Gelegenheit eine anständige Ausbildung an der Waffe zu absolvieren. Nicht zu Letzt konnte er wichtige Erfahrungen im psychologischen Kampfhandeln gewinnen, er spezialisierte sich auf die strategische Auslegung eines Angriffs oder Befreiungsschlag. So war er für die Gruppe von äußerster Wichtigkeit und konnte durch seine Erfahrungen bei der Übersetzung in ein anderes Land tatkräftig Unterstützung leisten. Er war es, der an wichtige Informationen über das Vorgehen der Armee bescheid wusste, bezahlte er doch monatlich rund 117001 IlS Bestechung an israelische Offiziere. Die Organisation der Kohle war über das Weiterverkaufen der streng vertraulichen Informationen an einen europäisch stammenden

Mittelsmann gesichert, die an einer Einflussnahme in den Zonen sehr interessiert waren, schon allein, da es in ihrer geschichlichen Tradition stand. Damals, als Asmoha von israelischen Milizen geschnappt wurde, konnte er seine Familie nicht mehr auffinden und sein Heimathaus wurde dem Erdboden gleich gemacht.

Ella und Grit wussten nun, dass es sich absolut um authen-tische Informationen handelte. Nur schwer sich das ganze Szenarium im Ganzen vorzustellen. Beide hatten in ihrer Jugend den Bader Meinhoff Komplex gelesen und wussten von der startegischen Auslegung der RAF bescheid. Und hatten schon Filme gesehen, die ähnliche Konstellationen darge-stellt hatten. Sie konnten sich guten Gewissens von der Invasion der Gewaltbereitschaft der Truppe um die Rote Armee Fraktion in den späteren Phasen distanzieren, hatten aber für die grundlegende politische Auslegung eine Schwäche. Sicher aber auch nur, weil sie damit verbunden hatten, dass eine Gruppe, die im gegensätzlichen Meinungsfokus der politischen Elite der damaligen Zeit Missstände in bestimmten politischen Ämtern festgestellt hatten. Eine Lösung über terroristische Formen der Gewalt in einem Staat lehnten sie ab, doch für sie legte es sich so dar, dass auch sie sich wünschten, und das stand der These der damaligen Menschen nahe, sie die Befreiung in antifaschistischen Strukturen sahen und erkannten und für ein Umdenken plädierten, das ein freiheitlich faire timokratische Struktur in die Realität transferieren könnte. Noch bis in die 70/80 Jahre waren noch vereinzelt Altnazis in hohen politischen Ämtern, und dies konnte man unab-dingbar nicht nicht dulden. Grundsätzlich verstanden sie die Welt und den Mensch so, dass grundsätzlich jeder die selben Rechte hat, die Radikalität dabei entfiel, da sie auf eine ausgelegte Gesellschaft, die vom demokratischen Grundrecht geprägt war, ihre Hoffnung zum basisverhafteten Bürgerinnen und Bürger ihren Glauben schenkten, und die tiefe Hoffnung auf eine gerechtere Gesellschaft hatten. So konnten sie es nicht verstehen, dass es aktuell aus Lybien nach Italien zu einem Aufnahme-Stopp der Flüchtlinge gekommen war, die sich im Bürgerkrieg befanden, nur dieser nicht so deklariert war. An diesem Punkt diskutierten die Beiden und mussten unweigerlich über die machtpolitischen Verhältnisse der Erde kurz sprechen. Es konnte ihres Erachtens unter keinen Umständen der Fall sein, dass strukturelle Handelswege bis in die heutige Zeit einen regelrechten Wirtschaftsfluss zu Gunsten Nordafrikanischer Staaten und der EU sowie Amerika gab, und der Süden des Landes unter den Kriegs- und Besetzungs-nachteilen, nur in wenigen Landesteilen zu wirtschaftlich annehmbaren, oder gar florienden Abläufe der Geld- und Rohstoffmengen ihre Vorteile nach dem Gerechtigkeitsprinzip eines im Vergleich existierenden förderalen Staates wie er in Europa vorherrscht, reel aufbauen konnten. So war es manchmal für die Beiden schwierig die richtigen Meinungen, die nach der Menschlichkeit streben, und ihren Ursprung in der Gerechtigkeit und der Gleichheit der Menschen ansieht, mit vollem Ernst zu verfolgen, denn sie begriffen gleichsam, dass auch sie nur ein minimaler Anteil am gelebten Frieden sein konnten, aber jener lohnte sich absolut und war unumstritten. Die Geschichte der Realität sprengte nun den Rahmen und drückte die Stimmung um ein Weiteres. Geradezu aus diesem

Grund waren sie gezwungen sich nun eine Ablenkung zu verschaffen.

Der Pizzaservice klingelte an der Türe, ein Grinsen kam ihnen entgegen und der Blickwechsel wirkte sich beruhi-gend auf die beiden Hungrigen aus. Heißer Dampf und der Geruch frisch balsamierter Kräuter auf Käse durchzog den Hauflur so, dass die Nachbarn einfach neidisch werden mussten. Der Bärlauch war nach Ellas Meinung wohl frisch vom Waldboden gezupft worden. Unter der Zunge bildeten sich nun alle Geschmacksknopsen aus, und die Beiden mapften vergnügt den weichen Teig mit ihrem Wunschbelag.

Keer dachte über die Sache nach, die Marc ihm berichtet hatte. Einen Zwischenfall duldete er unter keinen Umständen. Gleichwohl war er froh über die wohl behagte Ankunft seines Freundes in Italien, die er dennoch lieber mit der Begleitung von Asmoha entgegengenommen hätte. Der Auftrag war schwer und er wusste das Verbündete in ihrer Anzahlmässigkeit nicht genug sein konnten, um ein Vorhaben das neben Geschick auch auf eine genaue Planung und Ortskundigkeit, und der Erfahrung für knifflige Situationen ausgestattet sein musste. Gerade Asmoha war für seine Vorgehensweise überaus wichtig. Besonders zeichnet ihn dass Wissen über die markante Plätze und Verbindungsstätten von unterschiedlichen Nationen aus. Sein Bekanntheitsgrad in revolutionären Kreisen waren nahezu bei allen Nationen dieser Erde in derer Kreise vorhanden und anerkannt.

Marc wurde wach. Völlig verschwitzt wurde er vom Vogelgezwitscher von draußen sanft am Erwachen unter-stützt. Er entschloss sich frisch zu machen. Die nach Orangen duftende Seife, der große Spiegel, selbst die einfache Kloschüssel begeisterten ihn, denn er wusste es auch noch nach seinem Regenerierungsschlaf, dass er jetzt in Sicherheit war und ihrem Vorhaben einen großen Schritt näher gekommen waren.

Er ging durch den knarrenden Gang nach unten in die Küche, in der er Jonny vermutete. Innen angekommen wunderte er sich, dass keiner zu sehen war. Das Fenster war offen und die Wärme der Abendsonne konnte man deutlich spüren. Die Küche erschien in rötlich gestuften Farbkombinationen, die sie in Anbetracht der Umgebung als besonderen Ort wahrnehmen lassen konnte. Wie es schien hatten sie schon gegessen, ein paar Krümmel lagen auf dem Küchentisch und ein Endstück einer Gurke wurde von einer Mücke inspiziert, die ihren Rüssel im gleichen Takt zur Nahrungsaufnahme auf und ab wippte.

Marc nahm das Laptop und positionierte es sich auf den Tisch. >>Mal sehen<<, sagte er laut, >>ob es ...<<

Er gelangte schnell zu der ihm bekannten Seite. „Komisch nur", das Login hatte sich geändert. Er hatte somit keinen Zugriff mehr auf die Plattform, die es zu ließ mit Gleichgesinnten aus seiner Heimat zu kommunizieren. Und über Handy konnte er ja Keer nicht mehr erreichen. So musste er dringend eine Alternative finden.

Marc beschloss nach Draußen zu gehen. Er vermutete, dass sich die Mitbewohner wohl bei diesem herrlichen Sonnenuntergang jenem entgegen platziert haben, um das Spektakel zu betrachten. Er lief ums Haus, doch keiner war zu sehen. Er versuchte zu lauschen, doch nur Grillen und deren Gezirrbe konnte er hören. Das Auto der Dame war längst schon verschwunden, und Marc begann bei diesem Gedanken das Erlebte Revue passieren zu lassen.

Das Fahrrad, das an der schattierten Wand lehnte, hatte einen Platten. Zu guter Letzt gestand er sich ein, dass es auch eine Nummer zu klein für ihn war.

Zurück im Haus sah er eine Zeitung liegen. Er versuchte zu lesen, verstand aber nur sehr wenig vom großen Bericht auf der Titelseite. Das Bild, auf dem eine Waage und ein Blitz vor Kaufhäusern abgebildet war, ließen ihm die Vermutung zu, dass es um eine Umorientierung des Kaufverhalten der Italienerinnen und Italiener gehen musste. Er blätterte weiter und sah eine Nummer die wohl von Jonny auf der Zeitung geschrieben war. Irgendwo hatte er die Nummer schon mal gesehen. Nach kurzem Überlegen fiel es ihm auf, wenn man die Nummer von hinten her las, war sie die Nummer von Keer, wobei die Vorwahl zu vernachlässigen war. Er nahm sein Handy und gab die Nummer ein, doch kein Verbindungszeichen erklang. Marc wurde etwas ungeduldig, hatte er doch die Idee, die Num-mer könnte auch etwas mit dem neuen Login zu tun haben. Da er aber nicht sofort weiter kam, entschloss er sich einen Schluck vom Saft zu köstigen. Entspannt saß er in der Küche, und seine Gedanken kreisten um die Nummer um Keer und Jonny. Alles was er über Jonny wusste wurde ihm ja von Keer vor seiner Reise beschrieben. Marc wartete bis die Sonne ganz untergegangen war, und seine Vermutung erhärtete sich, dass sie wohl gegangen waren, um ihn an einem sicheren Ort mit einer Unterkunft zurück gelassen zu haben. Er nahm schließlich das Laptop und gab die Nummer als Passwort ein, kombinierte es mit dem Vorigen und versuchte weitere Möglichkeiten, doch keine konnte eine Verbindung zum Programm aufbauen.

Keer wachte auf. Seine Arme und Beine schmerzten und er konnte nur noch durch das linke Auge die Umrisse eines Waschbeckens sehen. Er war etwas durchgekühlt, kein Wunder, saß er doch auf einem steinigen Boden. Er versuchte sich zu orientieren, wollte in die Höhe, fiel aber dabei nach vorne. Sein Gleichgewicht machte ihm zu schaffen. Allmählich merkte er, was geschehen sein musste. Von draußen hörte er unzusammenhängende Schreie. Er wusste es nun ganz sicher, er wurde gefasst. Wie konnte das passieren? Er war doch immer so vorsichtig vorgegangen. Alles war doch bis ins kleinste Detail durchgedacht und in die Praxis umgesetzt worden. Seine Gedanken waren bei Marc und seine Hoffnung stützten sich auf die Tatsache, dass Marc es bis jetzt schon weit geschafft hatte. Nur gut, dass er mit Jonny den Plan genaustens besprochen hatte, so konnte Marc durch Mittelsmänner versuchen Druck auf die israelische Regierung auszuüben und die Freiheit, ihre Freiheit feiern lassen.

Ein Knarren von aufeinander reibendem Eisen bereitete Keer Gänsehaut. Zwei Männer standen vor ihm und stupsten ihn an.

<<General Asmilda! ...Sie also hier...>>

Kurzes Schweigen.

<<Sie haben einen guten Dienst getan. Wir sind zu Dank verpflichtet... hier, bitte sehr

Herr General!>>

Einer der Beiden gab Keer einen Brief der den Aufdruck der Regierung trug.

<<Lesen Sie!>>

Keer öffnete den Brief und erkannte sofort seine ehemalige ID-Kennnummer als er noch General des Südens war. Er las weiter und konnte es fast nicht glauben. Ein Angebot der israelischen Regierung, ihn als Geheimagent der israelischen Armee einzusetzen, wurde mit der Tatsache, dass er bei anderweiligen Entscheidung seine Finger einzeln verlieren würde, nachhaltig einen Druck ausgesetzt, der den Willen von Keer beeinflussen sollte. Des Weiteren wurde er in Kenntnis gesetzt, dass sich in seinem Genick ein Ortungschip unter der Haut befand. Er griff mit der Hand unter den Haaransatz und spürte eine kleine, kaum tastbare Erhöhung der Haut. Zusammenfassend stellte sich die Situation so dar, dass die Regierung einen Verräter vorsichtig auf die andere Seite der politischen Kräfteverhältnisse zu locken versuchte, und diese bereit waren, durch nachhaltige Sanktionen Dieses zu unterstützten gewillt waren.
Keer blickte auf, er brodelte innerlich, er zeigte es nur nicht.

>>Wie lange bin ich schon hier?<<
>>Fünf Tage<< so der etwas kleinere der Beiden.
>>Angenommen ich würde das Angebot annehmen, welche Vorteile hätte ich dann voraussichtlich?<<

>>Dazu kann ich Ihnen nichts sagen... der Premier schickt ihnen morgen einen Offizier, der mit ihnen die Einzelheiten bespricht. Wir wünschen ihnen einen angenehmen Aufenthalt.<<

Die Beiden verschwanden -

Die Zeitungen berichteten über den Mord an drei palästinensischen Bauern im mittleren Norden des Landes. Politisch verhandelte Israel mit Saudi Arabien über Erdölreserven für die Weltwirtschaft. Insgeheim ging es sowieso nur um Eines. Es waren Zeiten angebrochen, die ein Wettringen um den Bau der Atombombe im Volksmund vermuten lies.
Israel stand politisch unter starkem Druck der umliegenden Ländereien.
Weitere heilige Stätte wurden in anderen Ländern archäologisch und geschichtlich nachgewiesen. Frauen gebaren im Schnitt an die 2,3 Nachkommen. Es gab ein Einreiseverbot für europäische Reisende. Der Staat riegelte sich mehr und mehr ab und kooperierte überwiegend über sanktionsähnlichen Verhältnissen.

Keer überlegte. Wenn er es schaffen konnte die israelische Regierung davon zu überzeugen, dass er nun einer von ihnen ist, könnte er auf Doppelwegen weiter mit seinen Verbündeten in Verbindung stehen, könnte nur nicht mehr lokal die Geschehnisse für die überaus wichtigen Aktionen zur Befreiung seines motivierten Menschenbild leiten, das es sich zum Ziel machte, zur Unabhängigkeit der unterschiedlichen Interessen, die in Freiheit ein gemeinschaftliches Zusammenleben am Ende der Befreiung ihre Handlungskette verstand. Doch gleichzeitig wurde ihm klar, dass dies von äußerster Gefährlichkeit war. Er kannte das Szenario welchem einem normalen General die Grenzen deutlich aufzeigte. Wie sollte es dann bei einem Aussteiger sein, der als Staatsfeind galt, und gewissermaßen als Instrument der Informationsgewinnung über revolutionäre Kräfte benutzt würde. Konnte er den Codex, den er als Gründerkopf der palästinensischen Einheit schwor brechen, und verdeckt neu beginnen?

Im Codex waren für solche Situationen, in der er sich befand, zwei Möglichkeiten vorgesehen. Die eine kam dem Freitod gleich, um die Revolution nicht zu gefährden. Die Weitere verlangte eine neue Identität und absoluten Kontaktabbruch zu den Mitstreitern der Einheit. Die Mitstreiter würden in solch einem Fall eine neue Strategie wählen, und den bisherigen Ablauf vollständig abbrechen. Neue Rollenverteilungen und Identitäten wären nur der Anfang eines weiteren Fortschreitens der Verteilung der Freiheit in einer relativ sicheren Handlungsumgebung. Jeder der Aggierenden hatte grundsätzlich eine Aufgabe, eine weitere geheime Aufgabe mit strategischen Stellung wurde ihnen bei der Gründung einzeln mitgeteilt, dass nur sie alleine kannten. Diese wurde an einen weiteren Vertrauten der Mitglieder nach persönlichen Ermessen geteilt, die dann in solch einem Fall, in der die Sicherheit einer Aktion in Gefahr stand, in deren Rollen mit strategischer Ausrichtung und Aufgaben schlüpften, um nun gezielt falsche Fährten legen zu können, um eine Umstrukturierung der Aktion vorzunehmen, damit Platz für derer eigentlicher Umsetzung geschaffen würde. Das direkte Auffinden dieser Mitglieder war nicht nötig, sondern durch das

Ausbleiben der Rückmeldung jedes einzelnen Mitglieds auf diversen Internetplattformen, die zusammengefasst auf den Servern der Verbündeten ihrer Selbst zusammengefasst waren, und dort ausgewertet wurden, würde ein Alarm ausgelöst.

Im Szenario würde nach Ausbleiben einer Rückmeldung innerhalb von sieben Tagen, und auf Verdacht hin, ein Sondersuchkommando in Stellung gebracht, um die Person auffindig zu machen, und gegebenenfalls zu befreien. Bei Misserfolg innerhalb von 24 Stunden dieser Suchaktion würde ein Alarm ausgelöst, der zur Sicherheit automatisch nach fünfundzwanzig Stunden nach Ausbleiben einer Rückmeldung die Aktion so lenkte, dass Ersteres eintreten würde. Dies war besonders wichtig, weil man aus der Vergangenheit wusste, dass in solch einer Situation das Suchkommando schon einmal gefasst wurde und verschleppt war, dies konnte mit diesem Mechanismus entgegen gewirkt werden.

Keer war nun in einer überaus misslichen Lage. Ihm wurde immer deutlicher vor Augen geführt wie er das Angebot der Regierung annehmen musste. Nur damit konnte er sich noch nicht abfinden. Er hatte großen Respekt von der Tatsache, dass er zuletzt gefoltert werden konnte, und damit seine Verbündete gefährten würde. Der Knackpunkt war, er wusste nicht, was seine Entführer wussten.

In Italien war bereits der nächste Morgen angebrochen und Marc war nach dem Misserfolg der Passworteingabe am Abend zuvor früh ins Bett gegangen. Er hatte nicht sonderlich gut geschlafen, immer wieder dachte er daran dass Jonny vielleicht doch noch kommen könnte. Er suchte das Haus abends nochmals ab, fand aber niemanden. Er hatte die Suppe, die verlockend vor seiner Nase stand als Köstlichkeit identifiziert, und auf dem dunklen Beistell-tisch zur Arbeitsplatte der Küche fand er noch etwas Brot, dass in lila-grünen Servietten mit Längsstreifen eingepackt war. Jetzt nachdem er wach geworden war, hatte er den Laptop wieder in den Laufmodus gebracht, und so versucht erneut verschiedene Passworteingaben zu tätigen. Doch keine Kombination an die er sich erinnerte, hat den gewünschten Erfolg gebracht. Langsam wurde er misstrauisch. Er hatte doch gestern erst noch mit Keer telefoniert, dass würde bedeuten, dass kein Alarm für die Sache verantwortlich gewesen sein konnte, die Keers Rückmeldung betraf. Als er schon fast verzweifelt war vibrierte sein Handy. Eine Art Zahlencode erschien. Er kannte den Absender jedoch nicht, welches ihn ein weiteres Mal stutzig machte. Er versuchte sich einzuloggen, und diesmal hatte er Erfolg, der Ton des Login erklang. Er meldete sich zurück und las die Neuigkeiten seiner Gruppe. Demnach würde er in den nächsten Stunden einen Besuch eines Diplomaten der italienisch-israelischen Botschaft bekommen. Dieser würde eine Frau mitbringen, die ihn dann zu neuen Kontaktmännern bringen würde.

Er legte die Beine hoch und freute sich, dass jetzt doch noch alles geklappt hatte. Der nicht bekannte Absender verschwand mehr und mehr aus seinen Gedanken, und wurde schließlich vergessen. Er ging nach draußen und zündete sich eine Zigarette an.

In weiter Ferne war niemand zu sehen, außer blühende Wiesen und emporragende Berglandschaften, die wie Mondlandschaften nach einer Kollision von Meteoriten, die anders als geplant in der Atmosphäre der Schwerelosigkeit statt auf der Erde einschlugen, eine Materie so verformte, dass eine zufällige Auswahl an Rundungen, Ecken und Symetrien entstanden, die in ihrem vollständigen Betrachtung sich strahlend vom schöpferischen Ursprungs darge-boten hatte. Marc war von dem verschiedenen Farbenspiel im bekleideten Überhang der ursprünglichen Erdplatten so fasziniert, dass er für eine Sekunde vergessen hatte, dass er existierte, und den Moment innerlich als eine Form der Freiheit zu feiern begann. Es war nun eine gemütliche Stimmung eingekehrt und er beschloss noch kurz weiter zu geniesen. Seine Gedanken waren bei Keer, Asmoha und seiner Familie.

Separat war er auf seinen Besuch gespannt, mit dem er einen Meilenstein für die Befreiung assoziierte. Somit könnte er sein Versprechen, dass er mit seinen Geschwistern inne hat, einhalten. So wäre auch ihnen eine Ausreisemöglichkeit besonderer Art eingeräumt worden. Die hypothetische Frage ob überhaupt Interesse bestünde, wurde auch nicht vom gefestigten Betreiben eines Cafe's von dem Vorzug der Freiheit überragt. Keer hatte Marc die Strategie der Diplomatie in Israel erklärt und er wusste, dass es eine einmalige Chance für ihr Vorhaben sein konnte. Die italienische Diplomatie hatte großen Einfluss auf Europa, sie waren nah am politischen Alltag der Staatsoberhäupter beteiligt, und konnten so auch indirekt politische Handlungsspielräume und deren Zielorientierung beeinflussen. Italien galt in diesen Zeiten als der Treffpunkt der Diplomatie, hatte Italien aus einer integrierten Flüchtlingswelle eine politische Umorientierung bewerkstelligt, die der reinen menschlichen Vernunft, auf Mitgefühl und Respekt gegenüber der eigenen und fremden Nationen aufgebaut war. In jener Zeit füllten sich die Metropolen Italiens mit neuen Dichtern und Denkern. Künstler verließen Paris und siedelten über. Der Staat gab mehr für Menschlichkeit aus, was sich an einer überwältigten Zusammengehörigkeit zur Welt mit seinen Nation zeigte.

Mittlerweile stand die Sonne schon so, dass Marc verzweifelt Schatten unter den Bäumen suchte, um nicht eine rötliche Pigmentierung seiner Oberflächenbeschaffenheit zu riskieren.

Marc fiel auf, dass keine einzige Fliege flog. Selbst diesen winzigen Kreaturen war es in der hitzigen Mittagssonne zu heiß. Irgendwie störte er sich daran, dass er nicht über alles bescheid wusste. Er verstand zwar, dass er nicht alle Details kennen durfte, nicht zuletzt weil dann die Aktion gefährdet gewesen wäre. Man stelle sich vor, sie wären geschnappt worden, was fest einkalkuliert wurde. Asmoha war ein guter Begleiter für das Übersetzen zum anderen Ufer, das stand fest. Zum ersten Mal begriff Marc richtig was es hieß weniger zu wissen, um eine Aktion nicht in Gefahr zu bringen. Eins wusste er aber ganz genau, das Treffen konnte eine Wirkung auf die israelische Regierung anstoßen, die die Freiheit des Volkes im eigenen Land, speziell einzelner Religionen haben könnte und Freiheit zur Folge haben würde. Dieser Traum sollte nun Wirklichkeit werden, doch Geduld war geboten.

Keer musste es tun. Er hatte keine andere Wahl. Nur noch zwei Tage und die Aktion wäre gefährdet. Leider wusste er, und das gestand er sich nicht gerne ein, nicht im Geringsten, in welchem Landabschnitt, in welcher Umgebung er sich befand. Im Gefängnis, zumindest eine vergleichsweise Unterkunft war sicher. Aus dem Geschrei der anderen, überwiegend Männerstimmen, wurde er aber auch nicht schlau. Er erinnerte sich, dass einer der beiden Männer einen Ring am linken kleinen Finger trug, dies war zwar selten, doch man konnte nicht viel davon ableiten. Höchstens dass er gegen eine Dienstvereinbarung verstoß, und dies war eigentlich unüblich unter israelischen Soldaten, waren die Strafen doch recht hoch. Vielleicht hatte er nur einen Ring getragen um ihn zu verwirren, er könnte davon ausgehen, dass ein General bescheid wusste über die Dienstvereinbarungen, und so Verbote im israelischen Militär kannte, aber so auf den Gedanken gebracht werden könnte, dass die Beiden nicht zu den Israelis gehörten, obwohl sie welche waren. Somit musste Keer beide Hypothesen annehmen. Er wusste über sein Gegenüber weniger als ihm lieb war. Aber er wusste als General von einer Verbindungseinheit israelischer-iranischer Untergrundsoldaten, die nicht immer die Interessen der israelischen Regierung vertraten, sondern gerne mal ihr eigenes Süppchen kochten, wenn es um den Machteinfluss und politische Gebietsaufteilungen ging. So wusste er vom Insidergeschäft aus früherer Zeit, als das israelische Militär dem Untergrundkommando Teile der Negevwüste zugestand. Ganz inoffiziell natürlich. Er hatte sich damals wenig Gedanken gemacht wieso dies so ab-gekartet war, doch später bekam er von verwundeten Toten Wind, die in der Wüste gefunden worden waren. Aber ganz augenscheinlich waren sie nicht am Verdursten gestorben. Ihnen fehlten oft ganze Extremitäten und selten konnte man die Verstorbenen über das Gesicht identifizieren. Es waren wohl Nomaden, die noch die Kunst der Wüste verstanden und wussten wie man aus Sonne Wasser machen konnte, das, war aber eine andere Geschichte. Er vermutete damals ein Testgebiet für noch nicht zugelassene Bomben und weiteren Waffen wie Wurfgeschosse und andersartigen Granaten. Nicht zuletzt deshalb hatte er damals seinen Dienst quittiert. Und dies war auch nicht ganz einfach.

Die Tür öffnete sich, ein mittelgroßer etwas schleimiger Typ, zumindest schien es so auf den ersten Blick, stand vor ihm. Klar, Anzug und eine Fliege, ob er wohl vom Zirkus kam, dachte Keer und verkniff sich ein freudiges Schmunzeln.

>>General, ich bin Lodus Merga, G-Offizier und Untergebener des Premierminister.
Sie....sie haben sich was überlegt?<<

Keer wollte antworten doch der Offizier fiel ihm sofort ins Wort.

>>Sie wissen was mit Verrätern passiert Herr General, ach was sage ich...<< er holte Luft um erneut anzusetzen.

>>Verrrrräääääääter! Ich tausche wohl eher nicht so gerne mit ihnen, aber das Schöne ist, sie werden meinen Wünschen entsprechen, ist dies nicht so?<<

Der Offizier wirkte überzeugt von seinen Worten, man konnte ableiten, dass er ein Mensch war, der viel auf sich und dem was er zur Sprache brachte, hielt. Er war wohl selten eingeschüchtert, und wenn sollte Keer diese Seite schnell bei ihm ausfindig machen, doch Keer versuchte sich erst einmal dumm zu stellen und versuchte weitere Details von seinem Gegenüber herauszubekommen.

>>Sie meinen ich solle als Agent meine Arbeit für Sie tun? Leute ausspionieren und demontieren?<<

Der Offizier stutzte kurz, hatte er doch eine unterwürfige Antwort erwartet und ein wenig Widerwillen. Plump erwiderte er in zynischer Sprache

>>Nicht ganz, aber sie haben schon die richtige Richtung angesteuert, mein Freund – ich, ich möchte mehr!<<
>> Sie wissen ja...ich bin alt, und zu mehr nicht zu gebrauchen, sehen sie mein Auge, es zeigt wie es mir im Allgemeinen geht. Von beschatten, dokumentieren und Strategie habe ich mittlerweile wenig Ahnung.<<

Keer seufzte dabei tief, so das der Eindruck entstand, dass er über diese Tatsache sogar mit Wehmut besiedelt war.

>>Hehe, soll ich nun lachen, oder gleich erzählen was ich vorhabe Agent3444?<<

Von nun an war Pause, völlige Stille und die Spucke auf der Zunge verflüchtete sich.
Keer antwortete nicht mehr. Was wusste der Offizier, die ganze Regierung und der ganze Hick Hack von ihrem Vorhaben, ihren Treffen und den Verbindungsmännern? Ihm war klar, dass er im Notfall mit seinem Leben bezahlen musste, versuchte aber dennoch den Glauben an die Anderen und den möglichen Erfolg aufrecht zu erhalten und seinen persönlichen Teil dazu beizutragen.
Sein Gegenüber empfand er mittlerweile als recht unangenehm, er hatte ihn in eine Zwickmühle gebracht, in der er sich nicht gerne sah, von deren Zwang er sich in der jetzigen Situation nicht alleine befreien konnte. Er überlegte. Der Offizier lachte hämisch, verschwand darauf, und kam nach Kurzem wieder mit einem Gesöff in einem Plastikbecher

zurück.
>> Ihre Entscheidung Agent, oder soll ich sagen Stümper unter den Vernünftigen?!<<

Keers Blick glitt von rechts unten nach links oben direkt auf Augenhöhe des Offiziers. Er zögerte, öffnete den Mund und verharrte einige Sekunden in der Stellung und gab schließlich preis

>>Agent.<<

Der Besuch kam, nicht mit einer Limousine, sondern ein Golf drückte schon die Normalität der Diplomaten aus. Sie sahen ihn nicht sofort, doch der Rauchgeruch seiner Zigarette gab ein Hinweis wo er sich befand. Die Besucher schritten voran. Jetzt hatten sie ihn gesehen und gingen auf ihn zu. Marc kam ihnen entgegen und begrüßte sie freundlich. Die Diplomaten lächelten freundlich und began-nen mit einem Scherz das Gespräch und machten sich einen ersten Eindruck von Marc. Sie hatten über ihren Botschafter den Auftrag bekommen, ihn abzuholen um ihn ins Regierungsviertel zu bekleiden, damit Marc die Gelegenheit hätte, die Situation, die er vorgefunden hatte, zu erläutern.

>>Hallo, das ist Sandrie, ich bin Vincent, wir brauchen noch kurz Ihren Pass.<<
>>Marc, erfreut...! Hmm....Moooooment...ich hab ihn gleich, hier, bitte.<<

Vincent inspizierte den Pass und Sandrie begann sofort zu erzählen, dass auch sie viele Bekannte in Israel habe. Eine Geschichte war ihr dabei sehr ans Herz gewachsen. Es ging um die kleine Lunö, die bei ihrer Tante aufwuchs, weil ihre Mutter an einer eher vergleichsweisen leichten Verletzung durch einen Granatensplitter verstorben war. Sie konnte wegen eines Bombardement das Krankenhaus nicht mehr schnell genug erreichen und verblutete vor den Augen des Mädchens. Lunö habe sich seit diesem Anblick zurückgezogen, und habe nur noch mit wenigen Menschen aus ihrer Umgebung gesprochen. Nur ihre Tante ließ sie ab und zu an sich ran. Eines Tages jedoch gebar die Dorfkatze sieben Junge. Zwei davon waren nicht mehr gesehen worden, sie suchten in der Ferne nach ihrem Glück, zwei weitere wohnten im nah gelegenen Haus der Begegnung und die Letzte, übrigens auch die kleinste, schlief eines Tages bei Lunö im Bett. Das Mädchen schloss das Kätzchen tief ins Herz und erfreute sich wieder am Leben. Sie konnte sogar Jahre später ihre Mutter auf dem nah gelegenen Friedhof besuchen und eine richtig beste Freundin finden.

Heute ist sie an die Zwanzig erinnert sich Sandrie und meinte, dass auch sie den großen Wunsch hatte, dass Menschen weder mit Waffen gegeneinander kämpfen, noch Ausgrenzungen von Gruppierungen an der Tagesordnung stehen dürften. Das Tolle an der Geschichte war, dass sie gemeinsam mit ihrer Freundin einen ehrenamtlichen Club unterhielten, der Jugendliche aus unterschiedliche Reli-gionen zusammen brachte und somit eine gelebte Integrat-ion und Gemeinschaft im täglichen Leben verankerte. Marc begann sich mit Sandrie zu freuen. Er erzählte von den vielen Vermissten und den Zuständen, die ihn hierher gebracht hatten. Beide waren sich schon überaus sympathisch. Vincent bemerkte während des Gesprächs, dass der Pass schwarz auf weiss zeig-te, nach was sie suchten, aber auch sie sicher sein mussten mit wem sie zu tun hatten. Er erzählte jetzt, da die Stimmung gut war und sie gemeinsam auf dem Weg ins Wohnzimmer waren, um es sich auf der Couch gemütlich zu machen, die weitere Vorgehensweise. Demnach brauchte Marc einen neuen zusätzlichen Ausweis, dem es ihm erlaubte Einsicht in wichtige politische Ebenen zu erhalten. So konnte er zumindestens mitwirken. Ziel der Aktion war es diplomatische Kräfte in Israel zu wecken, um auf die Regierungspläne Einfluss zu gewinnen, und die Regierungen untereinander aneinander zu koppeln, so dass eine dynamische Mitte der konkurrierenden Gegensätze auf einer Ebene der Verständigung und Freundschaft entstehen konnte.

In Keers Zelle kamen weitere Männer mit Uniform und Respekt einflößender Körperhaltung. Die Türe öffnete sich dabei weder zackhaft noch sanft. Von draußen waren immer noch aufgebrachte Schreie zu hören und Keers Blut stockte in den Adern. Der Mittlere zuckte kurz mit seinem Arm um die Anderen in die richtige Position im Halbkreis direkt vor Keer zu positionieren. Jetzt verschwand Lodus Merga und gab eine Verabschiedungsformel mit zynischem Unterton für seinen würdevollen Abgang zum Besten. Die Situation war wohl ähnlich wie damals bei Asmoha, als seine Familie und dieser von dem „Geheimdienst" zum ersten Mal geschnappt worden war. Asmoha hatte damals das Glück, dass er mit einem Insassen im Gefängnis einen Deal machen konnte. Dieser hatte Geldprobleme und eine große Schuld abzusitzen, die es ihm situativ nicht nachhaltig realistisch erscheinen lies, jemals wieder in einer normalen Gesellschaft weiter existieren zu können. Somit ging er damals auf den Deal von

Asmoha ein, dass jener sich um seine Kinder in finanzieller Hinsicht kümmere. Er gestand beim Folterungsprozedere zum frühen Morgen hin seine Kontakte unter der schwere der Gewalt glaubhaft, so dass Asmoha aus der Schusslinie war. Dies reichte zu seiner Freilassung jedoch noch nicht. Er war aber auch nicht dort, wo Keer sich gerade befand. Und so konnte er sich damals durch einen Trick befreien. Er hielt sein Versprechen und finanzierte die Kinder des Vaters, der nun seinem Schicksal erlegen war.

Die Männer schrien auf Keer ein, ein Kirchenchor fände in dieser Situation die schöneren Töne. Keer war beeindruckt in Form einer leichten Einschüchterung. Seine Haut verfärbte sich. Adrenalin schoss durch seine Adern, seine Beine begannen zu beben und blitzschnelle Gedanken rasten durch seinen Kopf.
Was sollte er nun machen? Das weitere Prozedere war nun nicht mehr zu kalkulieren, somit hatte Keer berechtigte Angst. Er hielt inne, sagte keinen Ton - Die Männer beendeten das Schreien.
Der Mittlere, offensichtlich der Redelsführer der Gruppe, gab die ersten Sätze in der hallenden Zelle einem klangvollen Ereignis, dass sich in der Ohrmuschel der Beteiligten direkt über den nervus acusticus ins Gehirn drängte, und vermittelte nun eine interaktive Konversation mit seinen jeweiligen Gesprächspartnern zu führen.
Keer hatte nur einen Satz begonnen, schon war wieder lautes Schreien zu hören. Dies wiederholte sich so lange bis Keer geknickt vom Zustand der Taktik seiner baldigen Freunde, die Unterwürfigkeit seiner eigenen Seele und deren Willen für die Beteiligten suggerierte. Doch es benötigte viel Zeit

bis er die ersten vertrauenswürdigen Informationen erhielt.

Als Keer nun dachte, dass seine Taktik funktionieren würde, packten in zwei Hände und verschleppten ihn aus seiner Zelle. Ihm wurde schwindelig und er verlor sein Bewusstsein. Als er wieder erwachte befand er sich in einem großen Raum mit zwei Ebenen. Auf der unteren, auf der er sich befand, ragte eine Leinwand aus dem Boden, die ein Video seines Gehirns und dessen Aktivität abspielte. Keer konnte seine Arme nicht bewegen. Stahl umzingelte sein Handgelenk, seine Beine waren an weitere elektrische Leiter angeschlossen und zum Schutz seiner Gegenwehr mit Schellen fixiert. Er begriff langsam was mit ihm geschehen war.

Marc stieg mit den zwei in ihr Auto. Sie gelangten schließlich zum Sitz der Regierung. Durch einen langen Korridor, der dem Südflügel des Kreuzgangs an der Kathedrale der Heiligen Dreifaltigkeit in Gloucester glich, gelangten sie zum Vorbesprechungsraum der Diplomaten. Das Fächergewölbe des Korridors war noch lange in Marcs Gedächtnis. Und die Glaskunst von der die Strahlen der Sonne so gebrochen wurde, dass ein Licht, dass geprägt von Energie, den Gang zur Erleuchtung brachte, beeindruckte wohl jeden Menschen, der bei diesem Gang seine Beine auf dem Steinboden, der in seiner Struktur von der Verschiedenartigkeit der Verlegekunst geprägt war, vergaß. Vielmehr überwiegte wohl das Staunen über die energetische Begegnung mit dem Raum und seiner Konzentration, die dahingehend ausgerichtet war, welche wohltuenden Empfindungen in diesem Bereich der Fülle empfunden werden konnten.

Im Besprechungsraum zentrierte ein langer Tisch den Raum. Die Fenster waren lichtdurchflutet und bis zum Boden hinragend, kombiniert mit ihrer Breite wie man es nur aus neu architektonischen Visionen und deren Umsetzung in die Realität weltweit in kulturell wichtigen Gebäuden wieder fand, vermittelten sie Weitsicht und Harmonie. Marc und die Beiden setzten sich. Der Tisch war schlicht gestaltet, nur ein paar Gläser und Flaschen standen einladend zum Benutzen bereit. Marc hatte den Eindruck, dass das Gespräch bald beginnen würde. Doch irgendwie stockte es noch. Wohl war es so, dass alle Beteiligten noch versuchten ihre Gedanken auf die richtige Pointe abzustimmen. Schließlich begann Vincent einige Worte los zu werden. Er erklärte nochmals das es nötig war, dass Marc ein neuen Pass benötigte, um sich in allen Räumlichkeiten frei bewegen zu können. Er zückte ein Kartenlesegerät aus seiner Tasche und bat Marc ihm seinen Personalausweis zu geben. Nun wurden die Personalien nochmals abgeglichen und durch die Druckfunktion des Geräts wurde eine eigene ID-Karte erstellt, die ihre Gültigkeit sofort erhielt, jedoch erst funktionsfähig bei doppelter Passworteingabe war. Zur Karte, so meinte Vincent, würde ein weiterer Chip als Kombinationsmerkmal zur Karte ihm in naher Zukunft ausgehändigt. Marc freute sich innerlich und konnte es kaum erwarten seine Informationen weiter zu geben, die möglicherweise einer ganzen Menschgruppe helfen konnte, und bei Erfolg die politischen Verhältnisse neu ordnete, damit eine tragende Gerechtigkeit wirken konnte. Sandrie blickte noch immer durch die Fenster und meinte, wenn denn alles so wäre wie man es sich vorstelle, so könne es doch möglich sein, dass die eigene Motivation dahingehend einen Einfluss auf die Realität haben könnte, wenn gleichzeitig der nötige Wille so geprägt wäre, dass die Tat, in der die Motivation die Basis ihrer Reichweite ist, es möglich sein kann, dass durch sozialisierende Gegebenheiten der Mensch so erzogen geleitet würde, dass eine Verbindung und Grundsympathie mit den erfüllenden Detterminanten des Wunsches entstehen und praktiziert werden müssten. Vincent grinste kurz und begann das Gespräch zu leiten. Marc wusste nun, dass es wohl so geplant war, dass er nun in den nächsten drei Stunden den Botschafter samt seiner Mitarbeiter kennen lernen durfte. Er schweifte ab und erinnerte sich an seine Dokumentation über die Missverhältnisse zu Hause. Es klopfte. Ein großer, bärtiger Mann mit schicker Kleidung trat ein und stellte sich kurz vor. Vincent gab Marc zu bemerken, dass es sich um seinen Begleiter durch die weiteren Räumlichkeiten handelte, der ihm auch den Pool für den Erhalt des Chips, den er noch benötigte, um Zutritt zu den Räumen, Büros und Archiven zu erhalten, bringen würde.

Die förmliche Begegnung ersuchte ihren Höhepunkt in der Erklärung des weiteren Tagesablaufs, der vorsah, dass nun nur noch weniger als eineinhalb Stunden übrig blieben, bis das Treffen mit dem Botschafter statt fand.

Zusammen schritten sie durch die Korridore der italienischen Regierung. Marc war erstaunt über die anmutende Großzügigkeit der sich verschachtelten Gängen und Anordnung der weiteren Besprechungsräumen und Büros der einzelnen Abgeordneten. Als sie am Nordflügel angekommen waren, war es nur noch ein Katzensprung bis zum Parlament, dass sich zwar auf einer anderen Ebene seinen Sitz hatte, jedoch durch eine Treppe von dort erreichbar war. Marc hatte den Eindruck, dass er von den vorbei laufenden Menschen schon als Mitglied erkannt wurde. Eine ziemlich resolute Dame hatte ihn nach dem Weg gefragt, doch in der Unersichtlichkeit der Anordnung der Räume, die zwar im Gesamtblick quadratisch angeordnet waren, jedoch oft nur über Umwege erreichbar waren, damit, so erklärte es Bolga, seine Begleitung, es möglich wäre, in einem Notfall wie beispielsweise eines Anschlags, nicht überfüllte Hauptgänge die Regel bestätigten, und es gleichermaßen für Terroristen schwierig würde mehrere Räume einzunehmen. Explizit waren sie nach Bolgas Aussagen genau auf ein Szenario von 1200 Mann ausgerichtet, die es sein müssten um das Gebäude in zehn Minuten ein nehmen zu können. Nun erklärte er Marc, dass um jeden Raum sich auch strahlensicheres Baumaterial befand, dass gleichzeitig eine Bombe mit der Wucht von 340Kt abwehren konnte. Schutzräume waren in diesem Zusammenhang nicht für jeden Raum ausgelegt, denn ein Schließmechanismus für jeden Raum wurde bei einem Alarm automatisch getätigt. Schließlich zeigte Bolga Marc noch kurz Sammelräume auf der untersten Ebene, die ausschleßlich bei Terrorangriffe als Sammel- und Krankenplatz mit separaten Zugang zu einer Rutschbahn zusammengefügt waren, die zur Bergung von Verletzten und der Flucht für Abgeordnete genutzt werden konnte, denn über das Ende in der Kanalisation, die unabhängig von der Übrigen existierte, war es nun möglich über einen geheimen Weg mit bereitgestellten Motorbooten direkt ins Mittelmeer zu gelagen. Jener Punkt war Piloten des Sondereinsatzkommandos des Parlaments bekannt, um die Bergung mit Hubschraubern, die jeweils in eine andere Windrichtung ihren Flug aufnahmen, um letztlich eine vollständige Evakuierung mit sicheren Gegebenheiten in die Realität umsetzen zu können.

Keer versuchte jetzt Gegenwehr zu entwickeln, in dem er versuchte seine Hände zu befreien. Doch das Metal hatte seine Eigenschaften so gewählt, dass es selbst für die stärksten Muskeln ein Unding war, jenen Zustand zu zerschmettern. Er entwickelte schweißige Finger und von seiner Stirn tropfte es zweimal direkt auf seine Bauchregion. Beim Durchschauen des Zimmers wurde er auf einige Dinge aufmerksam. Auf der Höhe der oberen Ebene hängten zwei Kameras, die offensichtlich das Geschehen im Raum aufnahm, sie schienen aktiv zu sein, denn leuchtende grüne Signallichter pulsierten im regelmäßigen Takt. Keer versuchte seinen Kopf zu drehen, damit er einen Eindruck hatte was hinter ihm vorging, doch er konnte es letztendlich nicht zu hundert Prozent beurteilen, denn seine Bewegung konnte nicht wie sonst üblich durchgeführt werden. Verspürte er doch bei der Linksdrehung einen störenden, stechenden Schmerz direkt in der linken Nak-kenhälfte. Keer vermutete, dass er bei der Entführung aus der Zelle wohl ungeschickt gefallen war, welches sich nun auf seine Halsmuskeln und die Wirbelaktivität auswirkte. Doch zuletzt wusste er, dass dies nur ein kleines Defizit seiner körperlichen Versehrtheit war. Sein Bewusstsein war noch nicht ganz klar, so suchte er vergeblich eine Strategie zu entwickeln, die ihm helfen konnte aus der Situation einigermaßen gnimpflig heraus zu kommen. Irgendwie vermutete er, dass er nun auf die Weise untersucht wurde, wie schon andere Agenten, derer Geschichten er in seinen jüngeren Jahren hörte, aber wegen Übertreibung nur der Spur nach glaubte. Demnach würde ihn zusammengefasst entweder der Tod, oder das Agentendasein fristen. Gerade als er dies zu Ende gedacht hatte, schallte eine Stimme aus den Wänden und teilte Keer mit, dass er nun einem Test unterzogen würde. Ihm war klar, dass er nun einen tiefen Einblick in seine Persönlichkeit und Ideologien zulassen musste, denn es schien, dass an den Schellen sowohl Hautsensoren befestigt waren, die Temperaturunterschiede aufzeichneten und das EEG lies einen Rückschluss auf seine Aktivität des Gehirns zu. Dabei konnten die psychologisch geschulten Soldaten, in der vermuteten Kammer hinter dem Zimmer Strukturen seines Empfinden in glaubhaft und unwahr unterteilen.

Die Prozedur begann. Die Stimme, sie war einer Robotersprache nachempfunden, begann einige Erklärungen der Konversation zu erläutern. Demnach sollte Keer darauf achten, dass er nur dann spricht, wenn er dazu aufgefordert würde. Das Verhör wurde wohl als ein militantes Gespräch beurteilt, und so auch eingestuft. Er wusste noch von seiner Ausbildungszeit, dass es des Öfteren nötig war die Fassung zu bewahren um nicht ausfällig zu werden.

>>Sie sind also Agent 3444?<<
>>Ja, der bin ich<<

Im selben Moment schwankte die erste ausufernde Bewegung des Zeigers des für die Gefühlswelt zuständigen Gerätes aus. Eine rote Leuchte blinkte kurz, schneller als Keer in diesem Moment denken konnte, der immer wieder auf die Hilfe von seinen jetzigen Freunde hoffte.

>> Nennen Sie ihren verdeckten Namen<<
>> Agent sud, military operation vegen ultima<<

Die Kontroverse erhielt eine kleine Pause, die wohl zum Zweck des Abgleichs des Gesagten diente. Nun kam über die verdeckten Lautsprecher eine andere Stimme zur Geltung, wohl handelte es sich um eine Verwirraktion, die Keer in die Situation brachte nun Improvisieren zu müssen.

>> In ihrer Vergangenheit hatte sie fürs Militär gearbeitet. Es ging damals um die Eingrenzung der Gebiete um Saudi Arabien und Israel, richtig, die Sie als Kommandat der Einheit absolvierten. Sie erinnern sich an die Situation, in der sie die Komplizen der Gegenseite mit der Kennung „redco" auf freiem Fuß gelassen haben, obwohl der Auftrag ein anderer war. Wie äußern sie sich heute zu diesen Geschehnissen?<<

Keer wartete eine wenig, er musste sich die Worte erst zurecht legen, die er dann im Sinne seiner Verteidigung von sich gab.

>> Ihnen ist klar, dass zum Zeitpunkt meiner Entscheidung es so war, dass auf der unsrigen wie auch auf der Gegenseite, eine unzensierte Information aus Ägypten vorlag, die im Inhalt der Sache so ausgelegt werden musste, wie ich es getan habe. Ich weiss aus heutiger Sicht, dass es auch ein Trugschluss gewesen sein könnte, doch das politische Interesse war von höherer Bedeutung. Ich berufe mich an dieser Stelle auf den Agenten Rufus, der

im nah gelegenen Grenzgebiet eine ähnliche Entscheidung wie ich in unabhängiger Weise getroffen hatte.<<

>>Sie meinen Leidlus Rufus?<<

>>Der wird's wohl gewesen sein.
Bevor die Information jedoch unsere Institution erreichte, starben fünf Elitekämpfer auf ihrer Seite, die im Szenario der Absicherung der Grenze der arabischen Welt jeweils strategische Aufgaben von hoher Wichtigkeit ausführten.<<

>> Sie unterstellen mir, ich hätte die Seite zuvor gewechselt?<<

Jetzt kamen die Männer maskiert über einen sich öffnenden Korridor oben aus der Wand, die sich wie ein Rondell der in sich befindlichen Rotationsmomentums eröffnete. Sie positionierten sich vor Keer.
>> Wo operieren sie gerade, und welche Gruppe unterstützt ihr Vorhaben, welche Gruppe unterstützen sie?<<
so die aufeinander eingespielten Menschen.

Die Situation war nun auf einem Höhepunkt angelangt, die Keer vor die wichtigste Entscheidung in seinem Leben zwang. Er hatte die bedrohliche Situation erkannt und ärgerte sich nun über seinen Großmut und dem Hang zum Leben, den ihn getrieben hatte die Pille nicht zu schlucken.
Dies konnte er gleichzeitig als Pharse seiner Gedanken abtun und wusste auf der anderen Seite, dass

Zeit ein wichtiger Faktor war, denn er wusste dass er lange verhandeln konnte, so dass eine Hilfsaktion zu Gunsten seiner Seite starten konnte.

Keer setzte einen bewegungslosen Blick auf, er versuchte still zu sitzen und seine Gedanken so zu ordnen, dass die Geräte nicht Rückschlüsse auf realistische Beziehungen seiner ablaufenden körperlichen und geistlichen Abläufe in dieser Stresssituation aufzeichnen könnten, in der es nun um die Gefährdung seines größten Wunsches ging.

Die Männer positionierten sich neu um Keer, indem sie einen Schritt auf ihn zu gingen. Keer stellte sich nun auf alles ein und er behielt Recht, denn die Männer begannen wieder ihr Spiel der Einschüchterung, indem sie wieder wild, jedoch auf einer Tonlage, das war neu, schrien. Keer konnte sich beherrschen und zuckte selbst beim überraschenden Beginn der Schreie nicht. Einige Minuten vergingen, die Zeit fühlte sich dabei wie ein Schwamm aus Eisen an.

Der Rundgang war beendet, Marc hatte seinen Chip und er wurde ins Zimmer des Botschafters geführt. Im Vorzimmer wurde der Termin nochmals angekündigt und Marc wurde kurz gescannt. Nun war er im Zimmer angekommen, in dem er freundlich in Empfang genommen wurde.

>> Ich hoffe Sie hatten eine gute Anreise, mein Name ist Lud Surder<<

>>Ich war in netter Begleitung, danke ja. Ich bin Marc.<<

>> Nun, beginnen Sie Ihre Ausführungen, ich habe von einer Quelle gehört, dass Sie zum

nächsten Treffen mit dem israelischen Botschafter wichtige Details in der Sache „G1-GG" haben. Sie werden, wenn es Sie nicht stört, in Ihrer Ausführung aufgenommen, um das Resultat nochmals nachbereiten zu können, damit wir auch tatsächlich von den richtigen Fakten ausgehen können, die ja unter Umständen eine entscheidende beeinflussen de Größe haben.<<

>> Ja, ich beginne zuerst mit den Fakten, die wir gesammelt haben. Hier haben Sie ein Dokument zum Mitlesen.
Auf den ersten Seiten befinden sich wichtige Details zu den in unmittelbarer Nähe ereigneten Geschehnisse, wie Entführungen, Folterung und Spionage.
Ich werde von diesen einen noch näher erläutern. Wichtig für den Einstieg ist wie dies im Verhätnis zur Gesamtsituation anzusehen ist. In Holon hatte ich einen Mann getroffen, der Kontakte zum Israelischen Aussteigertum, der Detterminante des beflügelten Freiheitsgedanken, der dem Schicksal in einer Form der betrachtenden und handelbaren Zuversicht entgegen die Wirklichkeit so beschrieb, als dass sie im angenommen Fall zwar voller Täuschung sei, doch ihren Ursprung in der Genauigkeit der Bertrachtungsweise der gesamt stilisierten Mechanismen, basisverhaftend in der Mitte der Bevölkerungsdynamik sucht, die es nicht gewillt ist zu sehen, da die Größe der umzingelten Furchthaftigkeit dem Gesamtkomplex die nötige Energie seiner Selbst-

erhaltung so einflössend zum Erhalt seiner selbst suggeriert, als dass es dem Einzelnen, der diese Situation auf grundständige Weise annimmt, nicht gestattet ist, einen Einblick in die nachvollziehende Mechanik des Zusammenlebens in globaler Absicht sich zu wünschen befähigt ist, und dies Letztere kann ein Irrglaube sein.
Die Einseitigkeit der politischen Konstellation im Hinblick auf seine Fruchtbarkeit eines westlich orientierten Wohle findet seine Grundzüge in der ausgebreiteten Seelendynamik der falsch verstanden Nächstenliebe als Ultimatum für eine Generation, die vom Umstand des Kriegs die Lebensphilosophie der entrückten Veränderung ihrer eigenen Mentalität soweit überdeckt, als dass sie ihre Zieldefinition so auslegt, dass eine funktional fairer und gedanklich freier Basisgedanke in letzter Konsequenz nur dann möglich war, wenn die Implementierung der Systemdeterminaten so in einer Weise beeinflusst werden können, als dass sie den Gesamtkomplex der Welt durch ihren Augenschein verändern, doch was ist dann ein Zustand, der danach strebt, eine Eindeutigkeit einer humanen Form zu suchen scheint, und den Ursprung im Menschenrecht definiert?
Das sind wir!
Und sicher enthalten wir uns nicht von den zuvor hervorgebrachten Ideen.
Desweiteren hatte Ägypten mit Sir Gunda einen Mittelsmann, der geheime Botschaften von Gefangenlagern der Kämpfer der einzel-

nen Lager kannte.
Er wusste bescheid über die Foltermethodik, und wusste um welch politisch strategische Ausrichtung die jeweiligen Lager ihre Bedeutung hatten. So konnte er über seinen Fürsprecher, der als Botschafter seitens von ihm fungierte, und die zeitgemässen Informationen zu Operationen, die der Stabilität des Gebiets diente, auf die Situationen direkt Einfluss nehmen und wichtige strategische Unterredungen leiten, sowie dem politischen Milieu eine wegweisende Konstante darstellen, die als Vermittler und Informationsgarant für die politische Stabilität von großer Bedeutung war. Er hatte auch von der Befreiungsaktion der damals in der aufstrebenden Zeit befindlichen Gruppe „Elkarfu" die Informationen, die nötig waren um herauszufinden, welch' weitere Mechanismen bei der Bewertung der Gesamtsituation dienlich waren, Informationen gesammelt.
So hatte er berichtet, dass über westliche Mittelsmänner Einreisebestechungselder bezahlt wurden, zu einer Zeit, als Israel erste Pläne über eine Ausgrenzung von Palästinensergebieten politisch propagierte, was ein gern zitierter Moment eines Zitats war. Im Jemen war ein Lager eingerichtet worden, das die Szenerie durch vertriebene autonome Kräfte von israelischen und palästinensischen und europäischem waffengeschulten Untergruppen überwachte. So war es ihnen möglich durch die unterschiedlichen Aufeinandertreffen ihrer Mentalität einen einheitlichen Plan zu erhalten.

Über einheimische Kontakte konnten sie Waffen für ihre Aufrüstung gewinnen. Über das Radio und Fernsehen wurden politische Inhalte vermittelt, so das die Gruppe wachsen konnte. Ihr Sitz war jedoch geheim, und nur sie selbst konnten über ein Auswahlverfahren die neuen An-wärter ins Lager begleiten. Israel stellt dieser Konstellation eine Sondereinheit ihres Militärs gegenüber, das über die Kooperation mit Syrien Kontakte für die Kontrolle der gegnerischen Gruppe ausübte. In Israel ereigente sich zu dieser Zeit ein Szenarium das einer Tragödie gleichkam. Ein junger israelischer Pazifist war nach einer Woche auf ungeklärte Weise an jenen Ort zurück gekehrt, an dem er noch vermisst wurde. Seine Frau und Kinder hatten schon eine Suchmeldung über Freunde und Bekannte organisiert, da sie nicht verstanden, wo ihr geliebter Mensch abgeblieben war. Der jüngste der Kinder hatte die Idee, dass ihr Vater wohl in einer Situation abhanden gekommen sein könnte, die er beobachtet hatte. Er sah zu diesem Zeitpunkt wie Männer tags zuvor ein kleines Kästchen, das nicht größer war als eine Kreidedose, ihm übergeben wurde. Als die Männer weg waren, sah er, wie sein Vater den Inhalt inspizierte, dabei konnte das Kind feststellen, dass es sich um eine rosafarbene Karte handelte, die wohl zugeschnitten sein musste.

Nachdem der Vater in einer amüsierter Art und Weise zur Kenntnis nahm, dass wohl dass was er soeben ausspprach von einer Ironie

begleitet war, hatte er das Wort „Folterung" gesagt. Der Junge verstand den Zusammenhang nicht wirklich, doch er sah seinem Vater an, dass er nach einiger Zeit in ein kurzes Krübeln kam, und er daraufhin ins Haus zurückkehrte. Am nächsten Morgen hatte die Familie bemerkt, dass ihr Familienoberhaupt verschwunden war. Wie sich herausstellte war er in der Nacht aus dem Haus geflohen um einer wichtigen Sache dienlich zu sein, so war es jedenfalls auf dem Zettel, der auf dem Küchentisch lag, verzeichnet. Die Kinder hatten ihn beim morgendlichen Frühstück gefunden und konnten die Nachrichten am späten Mittag kaum glauben. Ihr Vater war als Komplize einer Terroreinheit gegen die israelische Militäroperation „Umlenkung-Alphanulleins" in Zusammenhang gebracht worden, weiter hieß es, dass er nun in einem unbekannten Aufenthaltsort weitere Tage zur Beobachtung und abschließenden Verurteilung fest gehalten wurde. Die Kinder und die Mutter waren über diesen Umstand sehr verzweifelt. Zeitgleich war ein Attentat auf die israelische Militärstation im Süden des Landes gemeldet worden. Dabei verloren zwei Soldaten ihr Leben. Ihre Leichen waren mit weißen Tüchern bedeckt. Da es sich in einer Region abspielte, die als strategisch wichtige Stätte eingestuft wurde, war dies als politischen Angriffsbomb-ardement zu verstehen und das Militär rüstete zu dieser Zeit ihre Stützpunkte auf.<<
\>\> Auf was wollen Sie hinaus?<<

\>\> Wir hatten eine Stunde später eine Meldung von russischen Immigranten erhalten, dass Saudi Arabien auf Grund der Nachricht ihren Luftraum bis auf Weiteres sperrten. Dies stellte sich im späteren Verlauf als eine Tatsache heraus, die so zu bewerten war, dass weitere Bombardements und mögliche Flugzeugangriffe nicht nur von Seiten der gedachten Terroristen vermutet wurde. Strategisch ging es nun um die Frage welche Staaten miteinander ein Bündnis eingingen. Wir hatten die Auffassung, dass nun ein Zeitpunkt eingetreten war, der nach den nachfolgenden Informationseingänge der getarnten Informanten seitens der Israelis und Palästinensern einging. Die Presse setzte eine neue Meldung in den Mittelpunkt ihrer Berichtserstattung, demnach würde in den nächsten Tagen die Stützpunkte der Landesgrenzen von unbekannten Kräften ins Visier genommen werden. Zur Beruhigung der Bevölkerung wurde nun die politische Strategie ins Gespräch gebracht, dass ein Abkommen mit den Wirtschaftsmächten zur Absicherung der Bevölkerung, die im Fokus der in Sicherheit gedachten Handlungskette stand. Zu dieser Zeit hatten einheimische Menschen die größte Angst, denn es war klar, dass nun eine Ungewissheit über ihre Schicksale stand. Viele dieser Menschen wollten mitbestimmen und so organisierten sie sich in Widerstandsorganisationen gegen das Aufkommen und in ihrer Meinung gegen die noch unbekannten Kräfte von außen, die wohl durch die Differenziertheit ihrer eigenen Probleme im eigenen Land sich in einem Maße verraten vorkamen, wie es einem Menschen geschehen kann, wenn er machtlos zur Kenntnis nehmen muss, dass er die nötige Vision und Kraft dem beeinflussenden Gegenspieler nur mit Ohnmacht entgegnen kann, was ihn in die Lage versetzt, eine neue Strategie zu wählen um eine Annäherung an das als störend wahrgenommene und empfundenen Übel mit dem Einfluss gemeinschaftlicher Hilfe erreichen zu können.

Es entstand also ein Szenario in den viele Menschen ihre Identitäten löschten, sie flohen teilweise in anliegende Länder, die ihnen den nötigen Schutz anbieten konnten. Für unsere Organisation war nun entscheidend, dass wir feststellten, dass die Situation in dieser panikartigen Ausbreitung über das Land ungewollte Veränderungen mit sich brachte. So waren auf einmal viele Annäherungsversuche an unsere Organisation getätigt worden. Zwei unserer wichtigen Organisatoren wurden seit Tagen vermisst und konnten nur nach weiteren drei Wochen gefunden werden. Die Entführer blieben dabei unbekannt. Wir hatten nun die Informationen bekommen, dass in dieser Situation geplant wurde, dass die Zonen aufzulösen sei, so dass in jener Situation der Druck der eigenen Verhältnisse aufgelöst war, um im Ausland ein Zeichen zu setzen, dass im eigenen Land die klare Mehrheiten gefunden worden waren, damit die Nachhaltigkeit der dahinter stehenden Kräfte dem Schiksal gegenüberstehen könnten, die durch die Entspannung ein Angreifen von Außen als Gegensteuerung möglich machen würden. Sie verstehen?

Schließlich bildete sich eine Situation heraus, die es nicht mehr zu lies einfach nur noch zuzusehen. Wir hatten die Kontakte zu gleich ideologisch denkenden Gruppen und Organisationen in die Wege geleitet, damit nun das Szenario wie es sich darstellte von einer Gemeinschaft zu einem Gegenpol für die zu erwartende Lebenshaltung, die aus der Situation entstehen konnte, einnehmen konnte.<<

>> Welche Rolle spielte dabei das Vorkommnis am 12. Juni als das israelische Militär von getranten mutmaßlichen ägyptischen Untergruppeneinheiten ihren Beistand zum drohenden Pakt mit der Bombe inne hatte?<<

Nunja, diese Situation stellte sich für uns so dar, dass es nun nötig war auf westlich orientierter Politikebene Schutz zu suchen...<<

>>Na dann ist der Fall doch eindeutig, durch die Situationen, die sie mir geschildert haben, gibt es nur einen erdenklichen Weg, der zwar eine große Hürde darstellt, aber im Anbetracht der Tatsachen so ausgeführt werden muss, dass das Ergebnis eine Verbesserung der Situation auf beiden Seiten genüge tut. Ich meine, dass Ihre Schilderungen auf die von vielen beobachteten Vorkommnisse und Interpretationen über die politische Handlungsebene mit ihren Folgen und Verschachtelungsversuche so wahrgenommen wurden, wie Sie es soeben geschildert haben.<<

>> Nun, Sie meinen also, dass es einen Zusammenhang zwischen den neu gruppierten Gruppen, seien sie autonom, oder auch in ihrer Tragweite beeinflusst von vorhandenen politischen Meinungen, die eine Reichweite in der Gesellschaft schon verankert haben, und ihr Sprachrohr auf ihre Ideologie so anwendet, dass der Kompromis zur letztendlichen Handlungskette von der Mehrheit beschrieben worden ist, die auch in Ihrer Schilderung im gesamtpolitischen Kontext nicht in jeglicher Hinsicht dem Urstück eines politischen Willens, in diesem Fall, das gesamtkomplexe Abhängigkeitsverhältnis des politischen Alltags, der zum Konflikt hingeneigt ist.<<

Der etwas dicke Diplomat schnaufte kurz ein wenig und setzte schnell wieder an.

>> Wir haben, und da spreche ich für viele Abgeordnete in Europa, erkannt, dass ein Zusammenhang zwischen dem israelisch-palästinensischen Konflikt zum Ankopplungsgedanken an den afrikanischen Kontinent bestehen muss, der dem Wohlstand einer Gesellschaft auch im wirtschaftlichem Gefüge Rechnung trägt.<<

>> Sie spielen auf den Zustand an, der davon geleitet ist, dass dieser erhoffte Befreiungsschlag und die Vereinigung der kulturell unterschiedlich geprägten Menschen in Israel einen großen Einfluss auf den Umgang mit Nordafrika haben kann, und damit eine weitreichende ideologische Haltung zum Süden hin anvisiert, und zur einer inklusiven Lebensauffassung wird, die Fairness, Inklusion, gerechten Fortschritt und Befreiung sowie die Chance ebnet eine gerechte globale Vernetzung, die der Chancengleichheit der Staaten der Welt gleich kommt, zu ermöglichen?<<

>> Dem kann ich nichts mehr hinzufügen.<<

Ella und Grit wussten nun ausreichend über das was geschehen war bescheid. Am nächsten Morgen sollte eine Beratung statt finden, um ins Geschehen direkt eingreifen zu können, denn es roch streng nach einer unterstützenden Maßnahme in der Konstellation in der Marc und der ehemalige General mit seinen Anhängern sich befanden.

Doch um die Verwirrung komplett zu machen klingelte es nun an der Türe und Karl stand vor ihnen. Irgendwoher hatte er gewusst, dass Ella und Grit gerade zusammen saßen und deutete an, eine extreme wichtige Botschaft von seinem Freund erhalten zu haben, der sich im Jemen versteckt hatte. Auch er hatte ein sms-file als Hörspiel bekommen und er begann den Startknopf zu drücken, denn seine Stimme zitterte und außer Stammeln kam nichts aus seinem Mund.

Er erwachte. Aufpeitschende Winde waren Realität und seine Gedanken schweiften über den tatsächlichen Gegebenheiten, in der sich befand. Irgendwie war es ein träumender Versuch kurz noch etwas Zeit zu gewinnen, um nicht sofort festzustellen, dass er sich nun hier befand. Die Sehnsucht an ein fernes Land setzten in ihm eine neue geborgene Vision frei, wie er sie immer wieder in regelmässigen Abständen hatte. Von draußen kam ein Hauch von der Meerbriese, die sich ihren Weg über die Klippen suchte, direkt in seine Nase geflattert. Er hörte wie die Wellen an die nahgelegene Bucht schmetterten, und wie diese langsam in einen vertrauten Rhythmus überging. Dennoch, so schien es ihm, war es kalt und die Narbe an seiner Hand verriet ihm, dass er schon länger gelegen haben musste. Jetzt kam es ihm in den Sinn, dass er sie seit einiger Zeit nicht mehr gesehen hatte. Er war weit weg von dem was sie gemeinsam festgelegt hatten und über was sie gesprochen hatten. Es war einfach schön sich daran zu erinnern wie es war, als sie noch gemeinsam durch die grüne Pflanzenwelt gestiefelt waren.

Gemeinsam in ihrer Gruppe hatten sie die Idee, dass wenn sie es schaffen konnten wieder zurück zu finden, sie die vorzufindente Strukturen für ihr Vorhaben zu nutzen. Zu Hause in seiner Stadt würde das Licht auf den weiten Straßen brennen, dass sich in immer engere Gassen verschachtelte, die zu Plätzen mündeten. Über den Flüssen würden Boote zu sehen sein, und vereinzelt wären diese mit Angler besiedelt, ihr Picknick jedoch würden sie auf den abgelegenen Wiesenlandschaften am Rande der Stadt einnehmen.

Jetzt, so war ihm, hatte er den Eindruck, dass es nach einem Geruch roch, den er zuvor noch nicht gerochen hatte. Er erkannte ihn nicht und konnte ihn auch schlecht einordnen. Das Aufrappeln aus seiner Position fiel ihm nicht gerade leicht, denn die Höhe war nach oben hin begrenzt und er musste darauf achten, dass sein Kopf nicht an die nach unten ragenden Felsabkömmlinge stieß. Vom leichten Blätschern der angrenzenden Quelle, die sich ihren Weg schlängelnd durch die starken Unterschiede der Bodenbeschaffenheit und Höhe suchte und wie ein kleiner Wasserfall am nördlichen Ende der Höhle entsprang, entwickelte er den Eindruck einen Ausgang erkennen zu können. Seine Kleider waren klam und sein Handy machte keinen Mucks mehr. Tief in seiner Tasche fand er seinen Zettel mit den aufgeschriebenen Koordinaten und er erinnerte sich sofort, dass er wohl vom eigentlichen Weg abgekommen sein musste. Ursprünglich, so hatte er es mit seinen Begleitern ausgemacht, sollte jeder einen bestimmten Weg gehen, da sie so ihre Suche eingrenzen konnten, und schneller zum Ergebnis und gleichzeitig auch ihrem Fund kamen. Sie hatten sich erhofft schnell zu finden nach was sie suchten, doch wie immer hatte der ausgeführte Plan einen kleinen Hacken und musste neu ausgelegt werden.

Er entschloss sich mit einer halb gebückten Haltung den Weg zum Ausgang zu nehmen. Doch es gestaltete sich schwierig, denn immer wieder rutschte er beinahe auf dem glitschigen Boden aus, was er unbedingt vermeiden wollte, denn er hatte die

Hoffnung, dass er unbeschadet, und das bedeutete für ihn ohne nasse Klamotten, das nah gelegene Meer erblicken zu können, um sich dann auf den Weg zu machen die anderen aufzusuchen.

Die Sonne stand hoch im Zenit und der Boden war warm und voller Energie. Sand umzingelte ihre Augen und sie dachte, dass das was sie sah nur einen Bruchteil dessen ausdrückte, was sie beim Anblick darauf fühlen konnte. In weiter Ferne hatte sie mitten in der Wüste ein ovalförmiges Konstrukt, es erinnerte am ehesten an die Pole, dem Gegensatz, der es zulies, zusammen zu finden, um einen Fortschritt zu erfahren der in seiner Vollkommenheit einem zu erlebenden Glück in seiner Realition zum Ausgangspunkt hin darstellte, gesichtet, da es aus Holz war konnten dies die Überreste einer Safari gewesen sein, möglicherweise war es als Routenanhaltspunkt genutzt worden. Sanft schritt sie voran und bemerkte wie der Himmel grenzenlos über ihrem Kopf die Weite und die natürliche Existenz fühlbar machte. Nun, so war sie an einem Punkt angelangt, wo es ihr in den Sinn kam, ob sie die noch weit entfernte Stadt vor Einbruch der Dunkelheit erreichen würde. Voller Erwartung und dem Drang endlich zu erfahren, ob ihre Vorstellung über das lang ersehnte Treffen mit ihrer seit nunmehr zwei Jahren verschollenen Freundin, die nach einem Ereignis, das eine große Wunde in ihr auslöste, nun wohl nach einer langen Zeit zurückgekehrt war, um herauszufinden ob sich die Situation noch so vorfand, wie sie es zuvor wahrgenommen und gefühlt hatte. Jetzt begann der Wind den Sand aufzuwühlen und die Augen lechzten sich nach einer schützenden Brille, doch leider war jene nicht vorhanden und so musste ein Halstuch derer Aufgabe erfüllen.

Zeitgleich versuchte Jörn endlich das Tageslicht zu erreichen. Noch immer hatte er mit der Höhe der Höhle zu kämpfen. Von weiter Ferne hörte er nun ein Rauschen. Schnell schritt er in Richtung der endenden Quelle und fand schliesslich den lang ersehnten Ausgang. Jetzt fiel ihm ein, warum er sich in der Höhle befand. Es geschah so, als würde es jetzt nochmals vor seinen Augen in Realität ablaufen. Ein leichter Schauer und Gänsehaut durchfluteten seinen Körper, als er bemerkte, dass er von einer ungewöhnlichen Konstellation so beeinflusst wurde, dass er sein eigentliches Ziel, und somit seinen Weg kurz verlassen musste, um in Ruhe seinen Plan zu vollenden. Er hatte festgestellt, dass die Ausrichtung zu den an der Küste angelegten Pfaden zu seinem Verdutsen sich immer dann in einem gepflegten Zustand befanden, wenn es seiner eigentlichen Route und seiner Ausrichtung und Koordinatioswillen seines GPS-Geräts entsprach. Dies war natürlich nicht alles. Denn schon die Tatsache allein, dass er auf dem Weg zwei mal hintereinander sich eingestehen musste, dass sein GPS immer dann die Richtung änderte, wenn er der zuvorig festgelegten Route folgte, verursachte eine Verwunderung, und gleichzeitig hätte er gerne gewusst, wo er dann angekommen wäre. Ihr Vorhaben war sowieso von der Zusammenarbeit und vom Gemeinsinn der einzelnen Akteuren geprägt, so versprach er sich viel davon, dass es durch die Annäherung von den gleichen Motiationen und Zielen es möglich war, das qualitativ beste Resultat zu erreichen. Dennoch wunderte er sich wie er in die Höhle gekommen war, jegliche Erinnerung fehlte diesbezüglich.

Vor einem Jahr war er noch in einem ganz anderem Lebensumstand. Er arbeitete an einer Entwicklung von neuen Deutungsweisen alter Schriften und Gegenständen, die für den wissenschaftlichen Zusammenhang und der Auslegung der Gegenwart und Zukunft wichtig waren. So hatte er seine Ausbildung zuvor direkt in Ägypten in einer im europäischen Austausch stehenden Schule absolviert, die ihren Schwerpunkt auf die Mythologie der Machtausübung der Pharaonen im Kontrast zu ihrem Verhalten beim Bau der Grabstätten nach ihrem Ableben untersuchte. So war es erstaunlich, dass die Versorgung der Architekten und freien Menschen, die unter besonderem Schutz der Pharaonen standen, und auf einer freiwilligen Basis dem Vorhaben ihre eigenen Ideen und Fertigkeiten in den Bau mit einbrachten. Einige konnten dabei sicher nur scheinbar frei aggieren, in einer Zeit in der die Kulturen auf der ganzen Welt um die Entwicklung ihrer Vorherrschaft, dem nachvollgendenden gesellschaftlichen Leben, das in viellerlei Hinsicht von der religiösen Interpretationsweise der einzelnen Kulturen und derer Auslegung zum Leben hin bewandt war, ist. Besonders in der Zeit um 2600 vor Christus hatte man mit Lepsius-I-Pyramide in Abu Roach eine starke Vermutung was das kulturellen Leben mit dem Fehlen des für ihn bestimmmten Grabes vom nicht bekannten Pharao, auch für die wegweisende Überlegungen einer Kulturbeeinflussung auf die nachvollgende Generationen, hatte. So entstanden im Geheimen Überlegungen, ob sich eine andere Kultur in dem Bereich der Geschichte geschrieben hatte, um dem späteren Leben ein Rätsel aufzugeben. Vermutet wurde, dass es zu jener Zeit einen Zusammenhang nach Asien gegeben hatte, die in ihrer Weise der

Verschachtelung und Geheimhaltung der Nachwelt ein und auch in der sich befindlichen Zeit eine richtungsweisende Einflussgröße gegeben hatte.

Jörn stockte kurz und räusperte, zu schnell spielten sich nun die Bilder in seinem Kopf ab. Immer wieder war er zu diesem Thema zurückgekehrt und doch, so schien es ihm gab es einen Zusammenhang zu dem was er wusste, und dem was er suchte. Zu jener Zeit, so erinnerte er sich, hatte es am Nil etliche weitere mathematisch-astrologische Wunder gegeben, die nur gewillt waren erforscht zu werden, um eine Deutung für die Nachwelt zu erlangen, und in gleicher Hinsicht sein eigenes Ego zu befriedigen. Lepsius war eine Stufenpyramide vom nicht zuendegebauten Typ, die direkt an einem etwa vierzehn Meter hohen Berg, der in seiner Brachheit in der Wüste bis zum heutigen Tag der dritten Dynastie der großen Herrscherchronik des ägyptischen Raums nach hinkt.

Schnell folgten seine Beine nun einem Rhythmus und waren erstaunt, wie schnell sie nun nach einer Zeit des gefühlten Eingesperrt-sein, aggierten. Von Weitem konnte er das Meer erblicken, das hinter den Bäumen und der felsigen Landschaft, die mit ihrer wie hautüberzogenem Grün die natürliche Frische und Nahrhaftigkeit der Natur zeigte. Wenn er nun doch schon einfach bei dem ersehnten Treffen mit seinen Mitstreitern wäre, dachte er sich und schöpfte neue Energie, um weiter zu gehen. Über einen kleinen Pfad, der wohl vom Regen ausgeschwemmt war, erreichte er schließlich die Steilküste. Mächtig und peitschend schlugen die Wellen an die vorgebauten Felsen. Wenn man sich die Landschaft in Miniatur vorstellte, hätte man meinen können, dass sie ein Produkt einer Form war, die sich in den Jahren natürlich weiterentwickelt hatte. Jörn orientierte sich neu und lief an den Felsen entlang. Unter ihm erblickte er einen alten Fischer, der mit seinem Boot im Meer nach frischen Essen suchte. Seinen Begrüßungsschrei hätte er nur nicht verstanden, denn der Wind und auch die Entfernug hatten großen Einfluss auf die Ausdehnung der unterschiedlichen Töne in der Stimme, die sich über die Aura der Natur einen Weg zum Ziel suchen würden. Jedoch wären diese Kräfteverhältnisse der Naturgewalten so geleitet, dass sie das Ziel in eine unbestimmte Richtung lenken würden. Ein großer Schwarm von Vögeln glitt nun über seinen Kopf, er konnte das Grähen und die aufgewirbelte Luft eng über seinem Kopf spüren und schaute ihnen kurz nach. Noch immer war er beschäftigt herauszufinden, warum er noch vor kurzem in der Höhle lag. Über den steinigen Untergrund und den in den Himmel ragende einzelne Blumen fand er den Weg, der ihn ins Zentrum der Insel führen würde. Am Wegesrand waren einzelne große Steine zu sehen, die eine Struktur in die Landschaft meiselten. Jörn wurde vom Wind geschoben und konnte schnell in den ländlichen Bereich übergehen. Da sein Handy nicht funktionierte, musste er sich eine Alternative überlegen, wie er dort hin finden würde, wo er sich schon in Gedanken sah. Jetzt hatte er eine Idee, er wusste ja schon von den Vorabüberlegungen bescheid, wie sich das Land ungefähr aufbaute. So wusste er, dass im inneren der Insel wohl ein Camp aufgebaut war, wo die anderen sich nach drei Tagen trafen. Zu seiner Linken sah er große herausragende, etwas krümlich gewachsene Palmen. Zuerst wunderte er sich ein wenig, denn in dieser Gegend hatte er sie nicht vermutet, die etwa vier Meter hohen Anwärter der Sonne kennen zu lernen. Viel mehr sinierte er über die Tatsache, dass er bis zum jetzigen Zeitpunkt kein einziges Tier gesehen hatte, außer den in der airodynamischen Dimension, der kurzer Hand direkt über seinen Kopf geflogen war. Nun, eigentlich war er damit beschäftigt herauszufinden wo sich die Anderen befanden, um herauszufinden, was sie entdeckt hatten. Die Insel, sie war von einer Größe wie sie wohl oft im Mittelatlantischen Meer vorkam. Etwas gebogen und mit spitzigen Ausläufern, aber doch von der Draufsicht auf der Karte imposant anzuschauen. Die Luft war trotz des herrschenden Windes warm. Sanft flog eine Feder in die Sonne ragende Höhe. Jörn hatte es nun endlich wieder im Kopf warum er in der Höhle pausieren musste. Ganz dunkel erinnerte er sich an eine Situation, in der er ein Schauern über diese entwickelte.

Im Lager, es war geschützt von fünf Palmen, die den Standort eingrenzten, hatten sich die Drei zu allerest begrüßt und tauschten sofort die neuesten Neuigkeiten aus. Bob hatte vom Süden her die Landschaft erkundet, und fand an einem nahgelegenen Wald eine einsame Blockhütte, die geschützt unter dicken, etwa zweihundert Jahren alten Buchebäumen, nur noch von einzelnen Sonnenstrahlen angeleuchtet werden konnte. Im Innenraum hatte er alte Geräte gesichtet, ein Feldbett stand direkt neben dem Tisch, es sah aber so aus, als wären schon einige Monate niemand mehr hier gewesen zu sein, denn schon eine leichte Staubbesiedelung hing über dem Bett. Leider war es eine Entdeckung, die die Gruppe im Wesentlichen nicht weiter voran brachte. So entschieden sie, zu allererst ihrem Hunger entgegenzuwirken. Bob eilte mit gesammelten Holz herbei, und machte sich einen Spaß mit dem Flammenwerfer, der im nah gelegenen Hubschrauber platziert war. Das Feuer brannte lichterloh und eine wunderbare Glut entstand. Es roch nach frischem Dosenfood. Erbsen, Kartoffeln und Ei. Nahrhaft und voller wichtiger Vitamine, ideal für eine kleine Stärkung, welche sie nun nach einer längeren Zeit benötigten. Bob meinte, dass er es sich nicht vorstellen könne, dass sie die Informationen finden würden, nach denen sie suchten. Der Zusammenahang sollte gefunden werden, der es bewies, dass es möglich ist, das auf der Insel vor jahrhundert Jahren alte Völker, sie vermuteten in diesem Zusammenhang Indische, ein geheimes Versteck errichtet hatten, dass ein Beweis für die kulturelle Entwicklung ihrer Religion war. Nach ihren Forschungen musste sich das geheime Versteck direkt hier auf der Insel befinden, denn sie bot sich aus strategischer Sicht zu den umgebenen Ländern von Ägypten und Saudi-Arabien an. Auf einer Karte war sie nicht eingezeichnet, nur die wenigsten wussten von ihrer Existenz. So auch der berühmte Mythenforscher Runald Mc Grid, der eine Universität in Ohio unterhielt und seinen Forschungsschwerpunkt auf die Rolle der Geschehnisse am 12. Mai 2680 vor Christus legte. Damals, so hatten seine Forschungen ergeben, wurden eine neue Menschengruppe von circa 24 Männern und 16 Frauen im ägyptischen Raum gesichtet, die nur über drei Generationen bestanden, und dem ostasiatischen Raum zugeordnet worden waren. Die Lebensweise unterschied sich im Wesentlichen von ritualartigen Denk- und Handelsweisen, und doch war es so, dass vermutet wurde, dass sie über einen Sklavenhandel, aus dem sie sich befreien konnten, ins Landesinnere gefunden hatten und einen Anschluß zur weiteren Bevölkerung nur in der ersten Generation fanden. Weiter wurde vermutet, dass sie in einem Zusammenhang mit dem Bau der Pharaonenpyramide Lepsius standen. Es gab hierzu zwei Mythen, die auf wissenschaftlicher Basis nur unzureichend beantwortet werden konnten.

Karl hatte sich nun beruhigt. >> Wie kann es sein, dass wir nach einem Nachweis einer kulturellen Einflussgröße suchen und gleichzeitig vergessen, dass der zeitliche Rahmen nicht in das Geschehen passt? <<

Ella wunderte sich. Die Inhalte der files passten ihres Erachtens nicht unbedingt zusammen. Die israelisch-palästinische Konfliktline mit vor Jahrhundert alter Mystik zu vermischen, und gar einen Zusammenhang daraus entdecken zu können, war schwer vorstellbar. Einzig allein die Tatsache, dass es eine Einflussgröße asiatischer Menschen gab, stellte im Endeffekt nichts dar, mit was sie etwas Anfangen konnten. >> Warum warst du eigentlich so aufgelöst, und wieso hast du auch ein file bekommen wie wir, was geht hier vor? Wie konntest du wissen, dass wir hier beisammen sitzen? <<

>> Heute, vor zwei Stunden hatte ich einen Anruf bekommen. Demnach würde eine Botschafterin an einer Veröffentlichung der Geschichte interessiert sein. Ich kenne die genauen Gegebenheiten nicht. Anscheinend haben sie mich über meine Mitarbeit an der Weltfriedensbewegung, das unter anderem vom deutschen Präsidium für Wirtschaft und Entwicklung unterstützt ist, zufällig ausgesucht. Ihr kennt doch Marc? Er fiel mir ein, denn wir wissen, dass er sich zur Zeit in Italien befinden müsste, um neue

Informationen bekannt zu geben, damit die Europäer ein Machtvakuum auf die krisenbehaffteten Gebiete im Norden Afrikas aufbauen können.<<

>> Ja, stimmt, das können wir bestätigen.<< erwiderte Ella kurz. >> Ein amerikanischer Professor hatte sich in die derzeitigen politische Landschaft zu Wort gemeldet und meinte, dass er und ein Freund wichtige Informationen für den Weltfrieden gefunden habe. Demnach hatte er eine Computersimulation über eine noch nicht erforschte Insel, der Insel von dem der Inhalt dieses files ist, berichtet, was in einem anderen Zusammenhang zu einer Entspannungspolitik im Nahen Osten beitragen würde. Demnach waren viele Familien bereit Offenbarungen über ihr Leben der Öffentlichkeit zur Verfügung zu stellen. Unter anderem von Lüno, sie wird nun durch die Wüste laufen. Es wurde erprobt, ob es möglich ist, dass Menschen schon in naher Zukunft Wüstenlandschaften bewohnen können, ohne dabei in Armut zu leben. Sie wurde für das Vorhaben unter den neusten Forschungsergebnissen der Medizin, im Zentrum von Tropinghealth so präpariert, dass sie in der Lage ist durch mental kognitive Fähigkeiten sich dreimal mehr Überlebenschancen in unbewohnbaren Gebieten durch ein ressourcenhaftes Gedächtnis, dass für diese Konstellation mit den wichtigsten Fakten und Emotionen durch Training gefüllt wurde, zu prädistinieren. Es ist nun in der Überlegung, ob in Gebieten, in denen noch vor Jahren Visionäre Solaranlagen als Zukunftchance sahen, Menschen durch ein Angebot und Umgestaltung von Bildung zu einer ähnlichen Fähigkeit erzogen werden. Gleichzeitig würde es später möglich sein, durch eine Injektion ein zehnfach höheres Überleben zu haben, und dass bei einer nachgewiesenen stark gesteigerten

Lebensqualität, was sehr kritisch zu sehen ist und gleichzeitig so viel Erleichterung auslöst, aber wir kennen die angenommenen Versprechen der Visionärsgedanken, die zweifelsfrei richtig sind, aber dennoch bis ins Kleinste überprüft werden müssen. Ich lehne es ab, humanitäre Hilfe und medizinische Versorgung müssen die Basis bilden, aber was ist das Resultat einer, und ich wähle eine fatale Wortwahl, gesunden Wüste? Sein zynischer Tonfall glich sich aus und er redete weiter. >> Also, wenn es kommen kann und sich bestätigt, so kann es unter dem freien Willen des Einzelnen eingenommen werden und zu einer Verbesserung führen, das ist revolutionär! Einzigartig! Und die Wüste ist da nicht annähernd wichtig.<< jetzt hatte er kurz durst und nippte aus dem bereit gestellten Glas und setzte einen Ausblick in die weiteren Überlegungen. >> Besonders China hatte in diesem Zusammenhang ein Patent unter Ausschluß der Öffentlichkeit anvisiert. Die Auswertung von dem was hier geschehen ist, stellt eine Grundlage für das zukünftige Handeln einiger Staaten dar, die dem ständigen Wachsen der Erdbevölkerung einen anderen Rahmen geben will, und das könnte einen Einfluß auf die jungen und alten Sterberaten haben. Ich hoffe in diesem Zusammenhang, dass die Gesellschaften älter werden, anders kann man es nicht sehen, oder? Jedenfalls wird Lüno ihre Freundin im orientalischen Raum treffen, die eine undenkbar schwere Zeit hinter sich hat. Sie wird dann durch ihre gelernte Fähigkeiten dafür sorgen, dass sie in der Lage ist, völlig abseits vom Geschehenen ihre weiteren Ressourcen, ihr Fühlen und Denken neu an einen Rückkopplungseffekt in ihre frühe Entwicklung als sie noch ein Kleinkind war, zu binden, um dadurch

Fähigkeiten weiter zu geben, die ihr späteres Erleben prägen wird, und dafür sorgt, dass all erdenkliche Ressourcen jetzt wirken können. Es gibt zur Zeit ein Stopp an Informationen, da die Politik nun auf die Entspannung der Situation setzt um diktatorische Kräfte ruhig zu halten, damit der größte Nutzen für die Menschheit enstehen kann. In Tokio wurde ein wichtiger Funktionär vom landeseigenem Biochemischen Instituts entführt. Die USA hatte am Abend darauf hingewiesen, dass die weiteren Schritte ab sofort in ihr Ressort fliesen sollen, und die Europäer sich dem Fortschritt ihres eigenen Wissens beugen sollten, um ein schnelles Ergebnis nicht zu gefährden. Auf der Insel arbeitet ein freier Wissenschaftler und Archäologe. Er hat Verbindungen zu den USA, steht jedoch im Austausch mit europäischen Förderungsgeldern der EU. Ich verstehe die einzelnen Zusammenhänge noch nicht, aber wenn es wahr ist, dass wir bald vielleicht schon in der Lage sind Wüsten ohne Armut zu bewohnen, dann kann dies nur zum Weltfrieden beitragen, dann kann dies nur zum Leben beitragen, dann kann dies nur zum Menschsein beitragen! Auf der andren Seite ist es so, dass die Ressourcen der Erde nun neu verhandelt werden und es in diesem Zusammenhang um Staatpleiten ganzer Nationen geht, die sich über die Rückversicherungen nicht allumfassend abgesichert haben. Dies soll nun noch schnell geschehen. Deshalb geben die Funktionäre im Finanzwesen zur Zeit unheimlich viel Geld für biochemische Firmen aus, aber die Werte der Rohstoffe fallen stetig. So kann es geschehen, und davor warnen Vertreter der einzelnen Regierungen, dass es nun möglich sein kann, dass durch zu hektisches Handeln der Akteure eine falsche Inflation herbeiführen, die als Folge einen zerbrochenen Damm in die Wahrnehmungen der Menschen bohrt, und das würde sich erst wieder nach Jahren erholen und wäre weiterhin unkalkulierbar.<<

Jetzt hatte Lüno es bald geschafft, nur noch zwei Kilometer trennten sie von der Stadt. Ihre Fußsohlen waren schon auf eine Weise beansprucht worden, wie sie es aus ihrer Vergangenheit heraus nur selten erlebt hatte. Schön war, dass sie noch immer von wärmender Sonne umgeben war, und dem Gedanken auf den Sprung half, endlich bei ihrer Freundin angekommen zu sein. Als sie sich noch vor zwei Jahren gesehen hatten, waren sie noch am Frühstückstisch gesessen und hatten Spiegelei und Brot bei einem Gespräch über den „Frühlingstanz der Mäuse", einem Buch von Lunös Freundins Mann, der nach Portugal übergesiedelt war, gesprochen. Es ging um das Verhältnis der Beeinflussung der Jahreszeit auf die Seelen der Mäuse. Ein lustig geschriebenes Buch, dass viele Aspekte des Lebens wiederspiegelte. Sie erinnerte sich noch ganz genau wie die Masserungen des Tisches die Sehnsucht nach den Wellen des Meeres ausdrückten, vielleicht war es aber auch nur ein Gedanke, der sie nahe an das brachte was sie in dieser Situation fühlte. Ihre Augen waren nun schon ganz ordentlich mitgenommen, noch immer schmetterte der aufgewühlte Sand auf ihr Gesicht ein. Immer wieder versuchten ihre müden Beine aus dem stetigen Versinken im Sand wieder erneut heraus zu kommen, aber es gestaltete sich mit der Zeit recht mühsam und sie konnte es kaum erwarten sich endlich setzen zu können. Ja, Schwitzen und Sand im Haar war eine schreckliche Kombination, wenn es darum ging endlich zu erfahren, welche Ergebnisse sie zu erwarten hatte. Naja auf der anderen Seite hatte sie es satt seit nunmehr über fünf Stunden nur noch die endlos weiten Horizont zu sichten, ohne dass sie ein Ziel erkennen konnte. Immer wieder verlor sie in der grenzenlosen Wirrwar der Realität der Wüste die Orientierung, phasenweise wusste sie nicht wo hin sie laufen musste, so sehr spiegelten sich die Strahlen der Sonne im Sand, der wenn man sich darauf konzentrierte, kleine Wege wie in einer Miniaturstadt zeichnete. Hinter einen dürrenden Busch versperrte ihr nun ein aufbäumetes Chamäleon, das wie in Zeitlupe lief, den Weg. Es öffnete den Mund und ihr schien es, als wolle es durch eine leichte Drohgebärde ihr klar machen, dass es so ein leibhaftiges Menschliches hier noch nicht gesehen hatte. Lüno freute sich über die Begegnung mit dem hübschen Wüstenbewohner mit seinen kleinen Schuppen und der gelenkigen Form. Besonders faszinierte sie, dass es dem Chameleon möglich war durch den Luftsack, der direkt hinter dem Brustbein seinen Platz hatte zu atmen, dadurch konnte es sich auch wie ein Balloon aufpusten, um so eine Gebärde zu stilisieren oder einfach nur in der Lage war für den Austausch von Sauerstoff zu sorgen. Langsam lief sie auf das Chamäleon zu um es nicht zu erschrecken, und versuchte so das wie ein Wunder wirkende Bild, der Begegnung der weiten Wüste mit einer Echse und ihr, eine freundliche Annäherung anzuvisieren. Als sie vor dem Chamäleon stand, betrachtete sie dieses sehr ausführlich und erinnerte sich, dass sie einmal in einem Buch las, dass Chamäleons empfindsame Lungen haben, und so anfälliger für Infektionen waren. Eigentlich kannte sie Chamäleons nur von Bildern, und dort waren sie oft kletternd auf Bäumen dargestellt. Dieses hier zeichnete sich durch seine bräunliche Farbe und den krokodilähnlichen ausgestülpten Schuppen, wie sie bei im Salzwasser lebenden Krokodilen vorkam, die wie Stacheln den Rücken zieren, aus.

Der knisternde Untergrund sollte nun langsam sein Ende finden, am Horizont erschien eine Tankstelle mit einem großen Holzschild mit einer Aufschrift, die sie aus der Entfernung noch nicht erkennen konnte. Ein leichtes Heimatgefühl entwickelte sich, und sie war froh bald endlich die Stadt erreicht zu haben.

>> Karl ich habe noch nicht ganz verstanden wie das gemeit war mit der besonders ausgeprägten Form der jetzt existierenten Mentalität, die dazu führt, dass die Ressourcen vollendet ausgenutzt werden können. Hat es dazu einen Versuch gegeben, oder gar eine Erprobung unter realen Umständen? Ich meine, wie können wir davon ausgehen, dass in Zeiten in denen der Frieden auf eine besonder Art und Weise in Mitleidenschaft gezogen ist, es sein kann, dass es zu einer Umstillisierung der Kräfteverhältnisse in Europa und den mächtigen weiteren Staaten kommt, und wir nicht letztendlich wissen, ob unsere Quelle einen reelen Wert mit sich bringt, beziehungsweise auch real existiert. Wie können wir wissen, ob das Material das wir hier in Händen haben von bedeutender Wichtigkeit ist? Was wenn wir einer falschen Fährte auf der Spur sind? Sollten wir nicht weitere Menschen aus deiner Organisation um Rat fragen, und sie in die Geschichte mit einbeziehen?<<

>> Ich habe mir das Ganze schon überlegt, sicherich macht es Sinn, dass wir weitere Menschen mit ins Boot nehmen, doch eigentlich möchte ich die Mitwisser begrenzt halten, da es so zu weniger

falschen Aussagen, die zur Öffentlichkeit gelangen können, gibt. Bis jetzt scheint es so, als würden wir darüber in Kenntnis gesetzt, wie das tatsächliche Erleben der Personen im file stattgefunden hat. Möglicherweise können wir einen Rückschluss auf die neusten Nachrichten bekommen. In Ohio in einer seit langen geschlossenen alten Universität haben Psychologen und Genomforscher eine Studie zur Überlebenskraft eines Menschen gemacht, so viel kann ich sagen. In diesem Zusammenhang hatte Lüno mitgewirkt. Sie kennt sich in Details aus, die wichtig für das Überleben in einer Zone sind, die mit wenig Wasser auskommen muss. Sie war als sie über zwanzig war viel gereist und kennt sich mit vielen Kulturen dieser Erde aus. Ihre frühe Arbeit mit Menschen hatte sie für dieses Vorhaben priviligiert. Schlussendlich hatte sie sich dazu bereiterklärt sich diesem Test zu unterziehen. Scheinbar wurde ein Medikament entwickelt, was die Körpertemperatur entsprechend der äusseren Einflüssen reguliert. Durch eine entsprechende Schutzkleidung ist es nun kompiniert möglich, weniger zu schwitzen. Eine stilisierende Creme, die die Schweißbestandteile in Wasser umwandelt und hauteigene Poren zur externen Wasseraufnahme stimuliert, runden den Versuch auf die technischen Hilfsmittel ab. Die Mentalität steht jedoch im Vordergrund, so wurden durch Simulationen gewisse Ereignisse erprobt, die es später unter Realbedinungen gibt, beziehungsweise wurden ja wie gesagt aus der Kindheit Elemente des problemorientierten Denken und soziale Urphantasien in die mit erfahrunggeprägtem Wissen um diesen Lösungsansatz erweitert, der dann mehrere Ebenen anspricht und schnelle Erfolge bringt. Dazu wurde Lüno in ihre Kindheit zurückversetzt, und wurde in einem Prozess, der weniger als eine Stunde andauert, im Schlaf vorbereitet. Näheres weiss ich nicht, aber wir werden sicherlich noch einiges dazu erfahren, wie wir jetzt aus den Reaktionen der Welt ableiten können. Wir hören jetzt wie es ungefähr abgelaufen ist, danach bekommen wir zu jeder Aktion eine Analyse, die uns eine Aufschlüsselung des menschlichen Handelns und Denkprozesses zeigt, es scheint sich ein wenig in die Länge zu ziehen und uninteressant zu klingen, doch genau diese Konstellationen sind für die erhoffte Nutzung der nachvollgenden Generationen notwendig. Ich habe noch keine genaue Vorstellung weshalb wir das Material zugespielt bekommen haben, doch eines ist sicher, dadurch das wir in einer extravagante Position zum Geschehenen einnehmen, können wir sicherlich auf unsere Art und Weise über unsere Presseleitstelle für eine gezielte Verbreitung sorgen. Derzeit hört sich alles wie eine Geschichte an, ich bin gespannt was aus All dem wird.

Die Drei machten sich nun auf um zum nahgelgenen Hubschrauber zu gelangen, um sich mit neuer Ausrüstung und Karten über die Insel vertraut zu machen. Jörn meinte, da die Nacht auch schon am Einbrechen war, dass es heute wohl wenig Sinn mache weiter zu suchen. Luc zeigte auf das halbkugelförmige Zelt und spielte darauf an, noch gemeinsam einen geschmackvollen Tee bei einem netten Beisammensein zu schlürfen und sich die Einteilung für die morgige Vorgehensweise zu überlegen.

>>Schön, jetzt diese stilvolle Atmosphäre in Mitten unserer eigenen Anwesenheit bei einem wärmenden Tee gemeinsam genießen zu dürfen.<< Sie saßen im

Schneidersitz wie die Häuptlinge der Apatschen in einer synierenden Ruhe einfach auf dem noch wärmenden Sand entspannt da, außer Luc, er hatte noch den inneren Zwang das Feuer am Laufen zu erhalten, um für Licht zu sorgen. Jörn's erster Gedanke über Bobs Äußerung war, dass er wohl einen gewaltigen Druck hatte wieder seine Frau zu sehen, dabei grinste er kurz und schüttelte seinen Hut versehentlich von seinem Kopf. Was Luc von Weitem aufschreien lies, ob er denn ein Fallsuchtmittel brauche, eines wie das nicht vorhandene Wismut oder Kupfer, oder ob er denn gleich die Zinnsalbe, die wegen seinen Hämorrohiden in seinem Kulturbeutel lagerten, auf seinen Kopf schmieren wolle. Ein kurzes Lachen ertönte. Und Bob sprach zu einer imaginären Fliege ob sie den Anflug der Worte als störend empfinde, wenn sie es persönlich nehme, dass wenn sie Lupings veranstaltete, die Fliegendamen als gleich mit Baldrian herbeieilten. Jetzt war es allen Beteiligten klar. Bob hatte zu viel Sonne abbekommen oder er verwechselte die mittelalterliche Epilepsiebehandlung mit einer manischen Fliegenphase.

Jörn kauerte sich nun in sich ein und gab eine Erzählung aus seiner letzten Expedition in Eritrea preis, als er über den Hafen Abbas zu einer der dreisig umliegenden Inseln, die in der Kolonialzeit von den italienischen Militärführern besetzt war, um Kohlevorräte für sich zu sichern. So war es, dass sie die in Somalia im Landesinneren lebenden Menschen mit ihrer Annektierung der Baumwollplantagen sowie Zuckerrohr und Bananen in ihr Vorhaben mit einbezogen haben, was sicher nicht im Interesse der Menschen war, die sich auch dagegen gewehrt hatten und nicht vollständig Folge leisteten.

Durch den schrecklichen Wandel in Italien zum Faschismus hin, wurden die Bantu unterdrückt, und gezwungen für sie auf ihren Plantagen und Siedlungen, wie Jahwar eine war, versklavt, und das war unter der Kolonialisierung eigentlich abgeschafft worden, zu arbeiten. Die Bantus kamen ursprünglich aus Kamerun und dem Südosten von Nigeria, wenn man heute von diesem Volksstamm spricht, so meint man Afrikaner, die überwiegend in den subtropischen Gebieten, einem Großteil von Afrikas Süden, besiedelten. Die Italiener konnten nur wenige Somalier von der Lohnarbeit überzeugen, und sahen sich zu dieser Maßnahme gezwungen. Das somalische Volk, die Somalier, ursprünglich waren dies die islamorientierte Afar, die als Nomaden zu einem großen Anteil vom Fischfang an der nahgelegenen Küste lebten, wurden auf der anderen Seite auch von den Britten besetzt, die nur wenig für die Infrastruktur des Landes übrig hatten. Jörn begann nun weiter auszuholen und seine Stimme klang traurig und ernst zugleich. Zu einer Zeit als es in Abbas noch möglich war Rohöl über eine Raffinerie abzubauen, die zwar nicht in einem rentablen Verhältnis zu vorherrschenden Europäischen war, jedoch das Land wirtschaftlich konkurrenzfähig gemacht hatte, und mit dem Hafen einen Handelstrom aufgebaut hatte, der die Länder unabhängiger machte. Äthiopien hatte zu dieser Zeit keinen eigenen Hafen, so gaben sie dreisig Prozent ihres Erdöls an Eritrea ab, um im Tausch die Raffinerie nutzen zu können und Güter zollfrei über den Hafen importieren zu können. Es war ein Deal, der dem Wohle beider Länder Rechnung trug. Äthiopien liegt im Verhältnis zum Standpunkt des Hafens in einer schlechteren Lage, und ist somit auch

auf den Handel mit Eritrea angewiesen. Als es dazu kam, dass die Eritreer ihre Raffinerienutzung um zehn Prozent erhöhen mussten, konnte Äthiopien preislich nicht mehr mitkonkurieren und verloren so einen der wichtigsten Handelsplätzen und Abbauwerkzeug für ihre wirtschaftliche Existenz, und mussten so vom Weltmarkt ihre Waren beziehen.
Doch welche Mechanismen waren notwendig um solche ein Szenario auszulösen, fragte sich Jörn. Durch den Krieg zwischen Eritrea und Äthiopien um die Raffinerie, hatte sich politisch eine Situation ergeben, die wankelmutig die eigenen Ressourcen vernachlässigte und von einer hohen Präsenz gekennzeichnet war.
Man merkte Bob und Luc an das auch sie jetzt sehr nachdenklich waren. Bei Beiden entwickelte sich ein Gedanke an die Situation wie sie existierte, und von Jörn erzählt wurde. Bob stellte daraufhin fest, dass es unter dem Gedanken, dass das somalische Gebiet sowie weitere afrikanische Länder aus den Zeiten nach und während der Pharaonen oft Handel mit Ägypten betrieben haben, wohl auch ein nachhaltige Konstante der kulturellen Frage in diesem Kontext angedacht werden konnte. Es war ein mühsames Thema, die Drei hatten beschlossen für heute abend eine Pause einzulegen und verabredeten, dass sie sich zu einem späteren Zeitpunkt nochmal über dieses schwierige Thema unterhalten würden. Unter ihren Schlafsäcken, die Minusgrade bis zu fünfundzwanzig unter Null Grad Celcius ausgleichen konnten, hatten sie es sich nun unter dem formenden Sand, der die Umrisse ihrer Körperkonturen annahm, und so ein zwar etwas hartes, aber dennoch akzeptablen Untergrund bot, gemütlich gemacht, um sich auf die Ruhe der Nacht einzustellen.

Lüno lief nun auf die Tankstelle zu, ging hinein und holte sich aus den schwach bestückten Regalen ein Mineralwasser. Die Tankwärtin konnte sie zuerst nicht auffinden um zu bezahlen, denn gerade deswegen weil hier wohl stundenlang keine Kundschaft vorbei kam, hatte sie sich wohl eine kleine Nebentätigkeit zur Langeweilebekämpfung ins Leben gerufen. Alle Indizien liesen darauf schließen, dass sie wohl neben Aktienhandel, es lagen Auszüge aus ihrem Depotkonto auf einem kleinen Beistelltisch, der vor dem Tresen von einen kleinen Palme verdeckt wurde, auch noch Kaffee mit Hochgenuß trank. Notgedrungen schweiften die Blicke beim Aufsuchen der Dame über ihre wohl nicht so empfundene Geheimnisse. Lüno schloß daraus, dass es sich um eine sympatische Dame handelte, die sich neben den schwach bezahlten Jobs in der Gegend eine kleine Abwechslung göhnen wollte, und ein wenig zusätzliches Geld benötigte. Das Leben, so wusste sie, war für Viele hier regional abhängig, schwierig geprägt. Es gab nicht für alle Arbeit, einzig allein diejenigen, die in der Kunststoffindustrie arbeiteten hatten nach Meinung der jetzt aufgetauchten jüngeren Frau eine Chance auf einen dauerhaften auszuübenden Beruf. In der Nähe stand eine grunderneuerte Kunstofffabrik, sie war lokal mit Subventionen gefördert worden, um Arbeitsplätze zu sichern. Schwierig war nach Meinung der Frau, dass es einen gehäuften Zusammenhang zu bestimmten aufgetretenen Krankheiten gab. So erzählte sie, dass viele ältere Menschen noch mehr als üblich an Herz- und Lungenkrankheiten sowie Demenzen starben. Überhaupt war es so, dass die Umgebung hier auch extreme Belastungswerte von der Luft aufwies, die von der synthetischen Industrie, die ihr Plastik aus gewonnenem Erdöl herstellte, verursacht wurde. Die Menschen nahmen dies jedoch so hin, viele hatten auch die Meinung, dass sie dies Risiko in Kauf nehmen um besser leben zu können, das erschien Lüno logisch. Zu bedauern war, dass die Sicherheitsbestimmungen von dem Zustand der Abhängigkeit der Bevölkerung von diesem Arbeitsriesen in einer nicht verantwortungsvollen Art und Weise praktiziert wurden. Die Türe ratterte und sie beschloss schleunigst hier weiter voran zu kommen um endlich, nach dieser kleinen Erfrischung, ihre seit langem nicht gesehene Freundin zu sehen. Noch einmal kam ihr das Gespräch von eben in den Sinn und sie überlegte sich, dass es wohl unheimlich schwierig ist einen Kreislauf aufzulösen, der immer dann herrscht, wenn es auf der einen Seite ein Abhängigkeitsverhältnis und auf der anderen Seite ein bestimmendes Element gibt. Jetzt hatte sie in diesem Moment schon die Idee, dass selbst die Strukturen, wie gewerkschaftliche Begleitung und Unterstützung, sowie Maßregelungen der Regierung, die beispielsweise auf arbeitsrechtliche Schutzmaßnahmen und Sicherung des vegetativen Lebensraum abzielte, es nun möglich war, dies um die Größe Verantwortung zu erweitern. Verantwortung ist in diesem Hinblick bei beiden Seiten so zu sehen, dass sie nicht nur jeweils ihre eigenen Standpunkte sehen, sondern für das Allgemeinwohl aggieren und handeln und somit eine Prägung für die Idee des inperfekten Zustandes, der nach Perfektion in allerlei Hinsicht strebt, ist.

Daraufhin fiel ihr ein, dass sie in ihrer Heimatstadt, als sie noch in der Badminton Gruppe war, einen ähnlichen Ansatz pflegte. Es kam vor, dass es immer wieder Streitigkeiten unter den Vereinsmitgliedern gab, die dann nach einem bestimmten Mechanismus abliefen. Ihre Freundin von damals, heute ist sie Lehrerin in einer Gesamtschule der internationalen Vereinigung in Wuppertal, hatte zu damaliger Zeit immer die Buh-Rolle zugeschrieben bekommen, weil sie den Tick besaß während des Spielens immer fort die gleiche Geschichte vom ewig kleinen Pudel aus der Puda-Show zu erzählen, der immer wieder versuchte über das Fenster einen Beamvorgang nach Außen hin zu modellieren, um so der Strahlemann der Pudeldamen zu werden. Es war ein kurzer Film, der genau diese Szene zwischen der Werbung und dem nachfolgenden Spielfilm zeigte, die bestimmt jeder kannte. Lüno meinte zu der Zeit, dass sie alle gemeinsam, und sie war darüber erstaunt, dass alle Lust darauf hatten, die Fortsetzung der Szene in einem Film zu drehen. Sie hatten sich damals in einem alten Haus, das mit einem modrigen Teppich ausgelegt war, zusammengefunden, und drehten eine fünfzehn minütige Fortsetzung, in der es im Wesentlichen darum ging, dass der Beamvorgang des Pudels kurz dargestellt wurde. Der Pudel hatte es nun geschafft völlig dynamisch zu zergehen, um für eine kurze Zeit in eine Welt einzutauchen, die von den nicht existierten Atomen eine besondere Form seiner nicht ausgeführten Bewegung in sich aufsog, und ihn für einen kurzen Augenblick seine eigene Existenz und Nichtexistenz aufzeigte, und ihn der Sphäre näher brachte, wo scheinbar die Zeit mit einer höheren Frequenz gemessen wurde. So war es ihm für diesem Moment möglich seine Nichtexistenz zu begreifen, was ihn zum König unter den herabpurzelden Pudeln dieser Welt machte, als dieser völlig sanft im Wiesengrün vor seinem Fenster in Mitten der Pudeldamen schlenderte.

Lunö wusste noch, dass die im Film dargestellte Szene elf Minuten dauerte, die Restlichen zeigten im Zeitraffer die Wiederholung, als Puda vom Nichts in die Welt hineingetragen wurde.

Sie hatte von Damals, als sie mit Sue gesprochen hatte, noch im Kopf, dass sie ein weisses Haus mit einem leicht gelblichen Touch am Rande der Stadt suchte, das gegenüber von einer großen Wohnanlage, die an ihrer kunstvollen Verzierungen zu erkennen war, stehen würde. Die Fenster sollten nach der Beschreibung im Treppenhaus rund sein, das sich zur Mitte hin am Hochhauses befand, wohingegen die Wohnungsfenster so verzeirt waren, dass sie von weitem größer erschienen als sie tatsächlich waren. Außerdem sollten sie an dieser Stelle die dahinterliegende Wohnräume wie ein ausgestreckter Bauch ihre Wohnraumerweiterungen in Form einer Abrundung haben.

Sie musste schon noch ein wenig laufen, von der Tankstelle waren es noch ungefähr drei Kilometer bis sie die im Bergland gebaute Stadt auffinden würde. Sie hörte nun von Weitem einen alten Roller tuckern, der Himmel bestach durch seinen dämmernden Zustand und das Zierben neben der Straße auf dem noch zum Teil sandigen Untergrund mit vereinzelten grünen Flächen, brachte ein schönes harmonisches Gesamtbild der Landschaft hervor, von dem sie sich spontan ein Unendlichkeitsgefühl erhoffte. Ihre Kraft hatte sich auch nun schon seit langer Zeit an ihrer Motivation aufgetankt, und so war es wie ein Wunder, als sie die Stadt nach einem Marsch der nur noch in Trance zu bewältigen war, in dem die Beine einfach nur noch liefen und der Gedanke an einen Stuhl überwiegten, an einer einbiegenden Linkskurve sich zeigte. Jetzt musste sie nur noch dem kleinen Anstieg der Straße folgen, die durch Mitten kleiner Felsvorsprünge sich schlängelnd bis zur Ebene der daraufbefindlichen Stadt hinzog. Es war nicht mehr weit, das konnte sie spüren.

Eine unbeschriebliche Energieform durchdrang nun ihren Körper, sie war als würde sie in sich gefesselt sein, und doch in einer Freiheit zu schweben, so, wie man es sich nur vorstellen konnte, wenn man den Zustand kannte, der der Endlosigkeit und dem existierenden Gedanken an den Ausgangspunkt zu diesem gleich käme. Blitzschnell entwickelten sich einen Gedankenszenarium um eine embryonale Situation, in der sie sich offensichtlich selbst für eine Millisekunde sehen konnte. Eine unbeschreibliche Kraft einer grün umhangenen Energieform um das gedeihende Leben sprieste wie das Quellwasser eines Wasserfalls die Sekunden der Einhauchung des menschlichen Lebens vom bekannten Zeitpunkt der Ausprägung und derer vorigen Wahl aus einer tiefen Ebene des jetzt erwachenden Bewusstseins so, dass eine Vielzahl der Möglichkeiten des heranwachsenden Nervensystem von einer freundlichen und zugleich allwissenden Form, die aus einer Urkraft eine Weissheit wie selbsterzeugende Schematen, die für das spätere Leben die Realität beschrieben und für die Konkurenzfähigkeit dieser, den gewählten ideologischen Ausrichtungen einen Sinn in die Existenz hineintrug. Lüno tauchte ein, durchstreifte die Welt in einer Fassung wie sie es selten in ihrem Leben beobachten konnte. Völlig ungeleitet vom tatsächlichen Blick der Realität konnte sie nun frei über ihre eigentlichen Entscheidungskriterien ihres Daseins die Fülle der nötigen wichtigen neuen und gleichzeitig in ihr eingebetteten Möglichkeiten frei verfügen. Ihre Vergangenheit raste nun an ihr vorüber. Prägnante Ereignisse waren zu einer Geschichte zusammengeflossen und zeigten ihr Dinge, von denen sie noch nicht mal Annähernd etwas gehört und gewusst hatte.

Jörn und die anderen erwachten. Sie konnten die Hitze schon spüren, es waren wohl schon an die 34°C die sie aus ihren Schlafsäcken kriechen lies. Bob war noch ein bißchen müde und sein Rücken schmerzte ein wenig. Luc war der Erste der draußen noch am leicht glühenden Feuer vom Vorabend rumstocherte. Schnell suchten sie noch nach etwas Holz von den nah gelegenen welken Sträuchern und entflammten das Feuer neu um sich einen kleinen Kaffee gönnen zu können. Jetzt begann Bob der Gruppe vorzuschlagen, dass sie gemeinsam über die noch unendeckten Gebiete der Insel laufen könnten. Er hatte die Karte schon aufgeschlagen und zeigte mit seinen Fingern auf die markanten Punkte, von denen er sich etwas versprach. Auf der Karte waren zwei Stellen eingezeichnet, die vermuten liesen, dass es unter den Plätzen, die beide etwa gleich groß waren, einen unterirdisch existierenden Raum in Form von vielleicht einer tunnelartigen Höhle, die genug Platz zur Verfügung hätte um in ihr Lebenszeichen von zum Beispiel Wandmalereien zu entdecken.

\>\> Hmmm, keine schlechte Idee, wollte eigentlich schon gestern Abend darauf anspielen, dass wir es eventuell in Angriff nehmen, die Sache so anzugehen, dass sie in letzter Konsequenz, und das sollte uns unserem Ziel eine gefühlt und erlebte Annäherung verschaffen, nämlich dann wenn wir es schaffen unsere Ausrüstung aus dem Hubschrauber auf die einzelnen Rücken zu verteilen gewillt sind, wir es nur schaffen können, wenn die reichhaltige Motivation unserer einzelner vorhandenen Individualkräfte, die sich zu einem Szenarium der powervollen Darbietung der Gruppenstärke zusammenfügt, und stetig durch die Interaktion der vermittelten Kräften unter den gegebenen Konstellation der relativen Ordnung unter den Mitgliedern, und ich meine hier explizit die emotionale vernünftige Orientierung, die dafür sorgt, dass wir es letztendlich nur gemeinsam schaffen können.<< Bob rieb sich die Augen und schaute auf den Boden, so als wolle er etwas zu Luc's Äußerungen zufügen, inder er Jörn's Sprachstil überahm, wenn dieser meinte etwas sagen zu müssen, wenn keiner nur annähernd Lust darauf hatte einen eigenen Beitrag zu leisten, doch Jörn schnitt ihm geschickt die Antwort ab und meinte >> ja, so sollten wir es machen, ganz in unserem Sinn, die Dame.<< Alle drei schmunzelten kurz und die Fingerballen klatschten aufeinander. Also aßen die Drei schnell noch ein bißchen von den mitgebrachten Frühstücksdosen, die in Archäologenkreisen von hoher Beliebtheit waren, weil sie alle Spurenelemente für einen Tag sofort mit nur zwei Löffeln abdecken konnten und durch ihre Kalorienanzahl ein pausenloses Arbeiten ermöglichte. Die Hubschraubertüre erzitterte vor der Wucht und Öffnungskraft des herantretenden Luc, der noch schnell die Ladefläche für Proviant ausräumte um diese dann auf die Schultern zu verteilen. Alle drei waren für den Tag gewappnet. Voller neuer Energie setzte Bob sich seine Brille auf und hielt die Karte in der linken Hand, sein Oberhemd war für das heutige Vorhaben mit den wichtigsten Utensillien bestückt, die es für eine Expedition wie sie es heute vor hatten, nötig war. Jörn musste sich noch schnell seine Schuhe binden und schaute nach seinem Zigarettenvorrat und dem

Bleistift, den er immer bei sich trug, nicht weil er sich Notizen machte, sondern weil es ihn an eine schöne Begebenheit einer glücklichen Zeit erinnerte. Die Rucksäcke waren auf ihren Rücken geschnallt, und alle konnten es spüren wie die Gurte sich unter der Last in ihre Brust bohrten. Ein Fußmarsch von fünfzehn Kilometer lag vor ihnen. Die Erinnerung von Jörn grub sich nun in eine Situation in seinem Leben ein, die damals davon geprägt war, dass man durch eine entschiedene Linie einer Sache dem Ziel näher zu kommen versucht war, bei welchem er zu Anfang noch mit Angst entgegnete, doch dann unter der Vorstellung und der daraus resultierenden Folgen doch in Angriff genommen wurden, und dies bereute er bis zum heutigen Zeitpunkt nicht, so hatte sie ihn bis ins heutige Leben reichhaltig geprägt und zu dem gemacht, was er war.

Im Sommer hatte er sich wieder einmal bei einer kleinen Ausgrabung die Fingernägel abgebrochen und musste dringend zur Stationsschwester ins Zelt um sich mit Salbeitee verbinden zu lassen. Als er im Zelt angekommen war, schweifte eine tiefe Wärme über seine Brust und ein wellenförmiges Zucken durchdrang seinen Körper, und sein Bauch füllte sich mit einer Weite, die ein molliges Gefühl nach sich zog. Eine unbeschreibliche Anziehungskraft breitete sich aus und er verflog in einen leicht verhaltenen Zustand, der sich blitzschnell in eine aktive Hingabe umwandelte und ein leichtes Lächeln über seine Backen zog. Jetzt entspannte sich alles und sie meinte, dass es schön wäre ihn zu sehen und die Wärme breitete sich über den ganzen Körper aus. Jörn hatte sich verhaspelt, es war zwar eine schöne spontane Erinnerung an seine erste Begegnung mit Sandra. Sie war der Auslöser für das was später entstand. Er hatte sich freiwillig mit ihr bei einer Hilfsorganisation gemeldet, die vom Hunger geplagte Kinder aus Äthiopien unterstützte. Zu Anfang hatte er große Bedenken, ob er der Sache gewachsen war, doch allmählich hatte er seine innerliche Angst überwunden und schaute mit großer Hoffnung auf das Projekt. Er war vor allem davon in seinem Herz berührt worden, da er zu Anfang noch dachte, dass er hier noch nach wichtigen Indizien aus der vergangenen Geschichte suchen könne, dies vergass er völlig als er feststellte, dass die Menschen, die in bitterlicher Armut lebten, von dem Projekt des Brunnenbaus direkt profitierten, denn Wasser war in manchen Gebieten rarr und hatte somit unmittelbar einen großen Einfluss auf die Lebensweise. Als sie den Brunnen erbauten, waren viele einheimische Helferinnen und Helfer anwesend und unterstützten die Aktion mit all ihrer Kraft. Besonders fiel Jörn auf, dass die Menschen voller Hoffnung und dem richtigen Ergeiz, aber noch viel wichtiger einer Einstellung, die von einer positiven Mentalität geprägt war, gemeinsam der Vision und ihrer realen Umsetzung entgegenfieberten, die gleichzeitig eine Power und ein Gemeinschaftsgefühl entstehen lies und es so zu einem Fest über den erbrachten Fortschritt gab. Fast alle waren zu diesem Fest gekommen und es stand fest, dass dieser Brunnen nicht nur hier in dieser Umgebung eine starke Wirkung hatte, sondern dadurch, dass viele umliegende Menschen anwesend waren, die Technik dazu schnell erlernt wurde und nachgemacht wurde.

Lüno stand nun vor dem Haus, in der Straße, von der sie wusste, dass sie die Richtige war. Ein schönes Gefühl tauchte in ihr auf, und sie konnte es nun kaum noch erwarten bis sie ihre Freundin nach einer so langen Zeit wieder sah. Umgeben von den unregelmässig angeordneten Pflastersteine, war sie kurz über die rund gebogene Palme faszinert, die den Hof des Hauses zierte und kenntlich machte. Besonders stach es ins Auge, dass sie vom nahrhaften Boden, der rund um aufgeschüttet war, genügend Platz hatte um sich mit ihrem Wurzelwerk, wahrscheinlich handeltet es sich hier um einen Pfahlwurzler, entfalten zu können. Sie schritt auf die dunkle Türe zu, die durch ihre kleinen Details einen kunstvollen Eindruck vermittelte. In Mitten der Türe war eine Sonnenuhr eingearbeitet worden und das Holz schien an manchen Stellen nachgearbeitet zu wirken, was auf die Sonneneinstrahlung zurück zu führen war. Sie klopfte nun an, und eine Erleichterung in ihren Beinen war zu spüren. Ja der ganze Körper kam nun zur Ruhe und es war klar, dass sie nun in eine Wohnung einfinden würde, die sicherlich vielfältig mit Unikaten geschmückt sein würde, so jedenfalls hatte sie es sich vorgestellt. Sie öffnete die Türe und die Beiden umschlungen sich sanft und voller Neugier auf das nun folgende Gespräch, eine wunderschöne Wiedersehensfreude schien dabei Beiden im Gesicht zu stehen. Jetzt löste sich Lüno von Jurga und stolperte dabei fast noch, was die Beiden abprupt zum Lachen animierte. Den Rucksack, der die Reise über schon lange gequält hatte, hatte sie ins Eck geschmissen, und sie konnte sich endlich einmal richtig durchstrecken. >> Auf, jetzt trinken wir einen kleinen Tee, schön. Hast du den Brief bekommen, eigentlich auch unwichtig, wir sollten jetzt zuerst einmal hier genüsslich Beide eine zusammen Quasseln, hast du eine Nachricht von Quinn? Oder weisst du wie es ihm geht? Er hatte gemeint, er habe die Idee, dass die Vorkommnisse auf den balearischen Inseln einen Zusammenhang mit den aufgeklärten Waffenimporten in Saudi-Arabien hatte, demnach Mittelsmänner über Kontakte zum Innenministerium große Mengen an Bestechungsgelder bezahlten, um diese einzuführen. Diese waren ja für die Freiheitsbewegung Esta-Gro, die sich Verbindungen zu Afrikas Norden suchten um dort politisch Einfluss auf eine Gegenbewegung zum politischen Kalkül zu entwickeln, so dass die Wirtschaftszahlen des Südens im für ihn vorgesehenen Komplex der Realität eigenverantwortlich und unmittelbar für die Reinvestierung und den weiteren Aufbau von eigenen wichtigen Infrastrukturen auch im wirtschaftlichen Austausch mit anderen Staaten, die nun auch von jenen genutzt werden konnten, die noch am Anfang ihrer Entwicklung waren.<<

\>> Nein, sorry, da habe ich nichts von gehört. Von der Sache schon, aber von Quinn fehlt weiterhin jede Spur. Denke er ist noch irgendwo nördlich versteckt.<< Sie grinste dabei und es war klar, dass sie mit Sicherheit noch etwas an Informationen diesbezüglich zurück hielt, so war sie und so kannte sie Lüno seit langer Zeit.

\>> Ok, als dann, pack den Tee aus der Pfanne, will ihn mal köstigen, den Guten.<< >> Hehe, ok, komm mit. Das hier ist mein bescheidenes Wohnzimmer.<< >> Bescheiden? Ok, nur weil hier wunderschöne Bilder hängen muss man ja nicht davon ausgehen, dass es sich hier schlecht wohnt.<< Beide grinsten nun, denn es war klar, dass die Möbel, die in ihrer Schlichheit überragten, dem eigentlichen Flair des Wohnraumes in einer wunderbaren Art und Weise einen schönen Eindruck vom gemütlichen Wohnen vermittelte. Die Beiden tranken nun aus ovalkugelförmig verlaufenden durchsichtigen Gläsern und es war eine Freude die Wärme des aufgebrühten Tees die Speiseröhre hinunterflutschen zu lassen, so dass sich der Magen mit einem Gefühl des Angekommensein zurück meldete. Sie beredeten nun noch die typischen weiblichen Themen, die sich hauptsächlich auf die noch nicht erfundene Idee, eines klonähnlichen Versuchs, der den wissenschaftlichen Epos von einer Frau befriedigt sehen würde. Dabei hatten sie sich schon fast selbst so einen aus dem Bauch heraus gelacht, das der Zynismus nur so über die Backen flunkerte. Jurga schweifte nun kurz ab und brachte das osmanische Reich in Zusammenhang mit den geschichtlichen Überlegungen, die eine neue Deutungsweise auf die Beeinflussung des europäischen Raums in sich trug. Demnach war es nach Napoleons Umfunktionieren der Gesellschaft so, dass der Handel mit Indien nur ein Mittel war, um einen strategischen Punkt in Mitten der Kulturen an sich zu reisen um das Übel in Gang zu setzen, dass nun bis zum heutigen Zeitpunkt vereinfacht die Mechanismen der Welt nach diesen Vorkommnissen existieren würden. Die Beiden saßen nun zusammen und wendeten sich nun den witzigeren Themen zu und amüsierten sich auf ihre eigene Art und Weise.

Die Drei waren nun schon über zwanzig Minuten unterwegs, bis Bob schließlich einwarf, ob sie denn auch auf dem richtigen Weg wären, denn der Kompass hatte eine leichte Ausrichtung in südlicher Richtung, doch er bemerkte gleich, dass es nur um diesen Weg gehen konnte welchen sie auch eingenommen hatten, denn als sein Blick vom langem auf dem Boden schauen jetzt in die Ferne ausgerichtet war, konnte er erkennen, dass sie den

Aufstieg auf den Berg, der sich direkt links von ihnen, in Richtung des Kompasses befand, sie wohl eher in Anbetracht der Zeit meiden sollten und einen Weg um ihn herum suchen mussten um an ihr Ziel, dass noch in acht Kilometer Entfernung auf seine Erkundung wartete um das zu finden, was sie sich erhofften. Die Sonne war nun schon, da der Morgen auch schon seit längerer Zeit angebrochen war, wieder sehr drückend und heiß. Jeder der Drei hatte sich nun zum Schutz der starken Strahlen, die bei längeren Genuss wie Nadeln auf die Kopfhaut einwirkten, einen Hut gegen diese bedrohende Konstante, die ihren Plan letztlich mit einer Missachtung ihrer Gewalt zeitlich so einschränken konnte, wie sie es sich in der momentanen Situation nicht leisten konnten. Hatten sie sich doch schon vom gestrigen Tag ein Vorsprung erhofft, der einen größeren Wissensstand hervorgebracht haben sollte, um nun Stressfreier die Suche zu vollenden. Der gedachte Pfad erstreckte sich quer durch den gerade ziemlich ebenen Boden. Eigentlich liefen sie über eine scheinbar unberührte Natur. Immer wieder streiften sie halbdürre Sträucher und vereinzelt konnten sie uralte Palmen entdecken, die wohl schon seit über hundert Jahren beinahe zu einem kleinem Wald gewachsen waren. In Mitten solch einem zufällig gewachsenen urigen Wald, hatten sie für kurz ihre Rücksäcke abgestellt, und bestaunten die Verflechtungen und Umschlingelungen der Pflanzen miteinander. Bob wollte schon gar nicht mehr weiter laufen, war er doch von dem Anblick so berührt, dass er sich für eine lange Zeit in einem urwaldähnlichen Zustand seiner Vorstellung befand, und sich ständig kleine Äffchen zwischen den Palmen wünschte vorzustellen, die nach seiner Idee eine komplett natürliche Stätte für Entdeckeraugen wären. Luc kramte nach seiner Digicam und schoß vereinzelt Bilder und meinte schließlich, dass es einen anmutenden charakterlichen Wohlgenuß auf ihn transferieren würde, wenn er beim Anblick auf eine so schöne Natur schaue. Jörn kletterte jetzt auf eine halb gebogene Palme und bat Luc nun ein Foto zu schießen. Das waren die Augenblicke warum sich solche Expeditionen immer lohnend auswirkten. Es gab immer wieder neue natürlich angelegte Geheimnisse, die die Natur durch ihre Natürlichkeit gebahr, und die Drei zum Staunen brachte. Wie immer nahmen sie bei solchen Gegebenheiten eine Bodenprobe um die Nährstoffe im Boden, die anzutreffenden Vegetation und die Entwicklung um das entdeckte Gebiet mit anderen Gebieten, die in einer Datenbank zusammen getragen waren, zu vergleichen. Dies war zwar nicht ihre eigentliche Aufgabe, doch der Reiz an der Beschreibung und der Entschlüsselung der natürlichsten Art des Vorkommnis hatte einen enormen wissenschaftlichen Zugzwangsmechanismus, der wie sie hofften, im Gesamtbild und der vergleichenden Analyse auch Rückschlüsse auf zum Beispiel neue technisch visierte Vegetationsformen, die in Gebieten mit einem Defizit in diesem Hinblick, zu Ausgleichsmechanismen führen konnten, die dann im Modell gefasst wurden, die dann erhoffter Weise einen Einfluss auf eine Verbesserung von Lebenssituationen haben konnte. Vor zwei Jahren feierten sie deshalb ein riesengroßes Fest. Dies waren die Augenblicke, die ihr Leben glücklich machte. Nun aber rafften sie sich auf und glitten von dem wundersam erlebten Anblick wieder in die Realität zurück und beeilten sich nun an den in ihrer

Weitläufigkeit erstreckenenden Inseleinheit die richtige Richtung zum anvisierten Ziel zu finden. >> Wir haben vergessen noch für ausreichend Wasser zu sorgen<< bemerkte Bob, als er einen tiefen Schluck von der fellumschlungenen Feldflasche in seinen Magen fließen lies. Luc entdeckte nun eine seltene Pflanze, eher eine die er so noch nicht gesehen hatte. Sie sah aus wie eine Distel, nur halb so groß und mit einer lila schimmernden Blüte. Sie konnte sich wohl nur über ihr Wurzelwerk fortpflanzen, denn in der Blüte waren weder Samen, die vom Wind in die unterschiedlichsten Richtungen gertragen werden konnten, noch bildete die Pflanze Ableger aus. Jedenfalls sah er auf keinen Fall frische Triebe oder Knospen, die darauf vermuten liesen. Eigentlich auch eine sinnvolle Taktik der Natur, denn durch die tiefen Wurzeln konnten sie in einer warmen, jedoch auch etwas feuchter Umgebung besser eine Fortplanzung in Form eines Wurzelablegers, der nach oben in die Sonne strebt und sich durch den Boden bohrt, sich duplizieren.

Von Weitem konnten sie nun ein galoppierendes Tier sehen, leider war es zu weit weg um es näher bestimmen zu können, und so stapften sie weiter über den weichen und stellenweise harten Boden, der in manchen Teilen drei Zentimeter große Rillen vom ausbleibenden Wasser hatte. Bei einer besonders groß erscheinenden Rille konnte man den Eindruck gewinnen, kurz auf das Erdinnere zu sehen, und eine Vorstellung über die tatsächliche Vorkommnisse zu entwickeln. Schön die Sonne im Rücken zu haben, wärmend bäumte sie sich über die Schultern der Drei und hatte sie unter den Rucksäcken schwitzen lassen. Luc hatte einmal ausgerechnet, dass er bei einer Strahlung, die bei dreisig Grad liege, bei einer normalen Bewegung wie dem Gehen in acht Stunden etwa fünf Liter Wasser nur durch das Schwitzen verliere, was aber nur in einem bestimmten Winkel der Einstrahlung galt. Nicht nur deshalb lobte er das Wasser und war froh es immer bei sich tragen zu können, sondern auch der Respekt davor, dass er nur ungern in die Situation käme, indem der Körperkreislauf auf ein Minimum herabgesetzt wäre, und er wieder durch eine Rettungstat seiner Begleiter gerettet hätte werden müssen. Er erinnerte sich in solchen Situationen gerne an die Wassertemperaturen, die im Ozean vorherrschen, diese Vorstellung allein konnte seinen Körper schon um mindestens ein Grad abkühlen. Wenn er nun eine Antilope wäre, so könnte er blitzschnell das Ziel erreichen, und wäre schneller wieder beim Lagerfeuer am Abend, das die hungrigen Magen mit neuen Aufgaben der Zersetzung des schmorenden Gerichts aus der Dose in Gang bringen würde. Jörn begann ein Gespräch aufzubauen und berichtete von einem Wal, der am Ufer der Vereinten Staaten angespült wurde. Ein Blauwal, mit einer Größe von über acht Metern, der wohl an einem Erstickungs- und Vergiftungsprozess gestorben sein musste. Sein Bauchraum war beim Öffnen der Wissenschaftler mit reichlich Kohlenstoffdioxid gefüllt, und es drohte vor der Sezierung das Platzen des Bauchs. Als die Tierväterinäre den Bauch öffneten, war er über die Größe des Magens sehr überrascht. Er alleine war mindestens in seiner Ausdehnung zwei Meter lang, was der Darm, der auf einer Fläche von zwanzig Quadratmetern ausgebreitet war um Einiges überboten hatte. Der Wal hatte sich wohl nicht mehr in seiner gewohnten Weise mitteilen können, die Laute die normalerweise durch das Meer glitten versanken nun in der Endlosigkeit der Richtungen, die die Rückkopplung zu seinen Artgenossen fehlen lies, und konnte somit nicht mehr dafür sorgen, dass er das eingrenzende Gebiet verlassen konnte, gerade auch, weil er seinen inneren Kompass verloren hatte, und schwam nun in Folge eines Fluchtversuchs unkoordiniert aus der Konstellation, in der er sich befand in Richtung des Festlandes, das normalerweise wegen der geringen Tiefe des Wassers schon instinktiv gemieden würde.

Die Forscher analysierten nun unter der Beobachtung der umgebenen Menschen, die in einer reichhaltigen Anzahl das Geschehen auf eine interessierte und zugleich bestürzte Weise beobachteten und miteinander sprachen. So war es für den kleinen Jungen, der sich von seiner Gruppe gelöst hatte, um näher am Objekt seines Interesses zu sein, wichtig, nun genau auf die dargebotene Situation zu schauen, die für ihn neben den Gedanken an die ohnmächtige Konstellation der ausgelieferten reflexorientierten Handlungsabläufen des Wals, die seiner Meinung nach aus dem Fehlen der Orientierung des Tieres hervorgerufen worden war, es nun möglich war, dass das Tier durch seine Schwimm- und Treibweise zu Tode gekommen ist, und er durch irgendetwas abgelenkt wurde, was ihn in diese tödliche Situation brachte, was bei ihm eine Gänsehaut auslöste. Er folgte dem instiktivem Moment seines Interesses um mit voller Erwartung auf den toten Leichnahm schauen zu können um herauszufinden, an was der Wal letztlich gestorben war. Er schaute mit großen Augen auf den Körper und war darüber verduts, dass er nur den Körper sah, ohne dabei die symbolhaftigen Augen und dem Kopf zu sehen. Besonders erstaunt war er beim Anblick auf den Rachen, der größer war als er es sich jemals vorstellte. Er hatte kurz die Idee, dass er wohl locker darin stehen konnte und es aber im richtigen Leben wohl nicht vorkommen würde, dass ein Wal einen Menschen frisst, so hatte er es seinem Vater berichtet, der später zu ihm herangetreten war, jetzt roch er jedoch wie die Gedärme des geöffneten Tieres einen unangenehmen Geruch absonderten. Nun schritt sein Vater herbei und meinte, dass der Wal in der Wissenschaft immer noch große Rätsel aufgeben würde, so ist bis zum heutigen Zeitpunkt noch nicht erforscht ob es noch Unendeckte seiner Sorte gab, die sich geschickt in Wasserebenen aufhalten, die bis zum jetzigen Zeitpunkt noch nicht mal gesehen und erforscht wurden. Der kleine Junge nahm es zur Kenntnis und nahm die Hand seines Vaters um noch näher ans Geschehen zu kommen, zog ihn mit und meinte, dass er so etwas noch nicht gesehen hatte und fragte, was dieser denn nun denke. Der Vater erwiderte etwas zögerlich, dass es erstaunlich sei, dass hier jetzt live seziert wird, was ihn nachdenklich stimme. Der Junge verstand sofort, und hatte das Herz des Wales erkannt.

Bob blickte zu Jörn >> Den Jungen den du beschrieben hast, hat er nicht eine ähnlich krasse Stimmung zum Ausdruck gebracht, wie die Frau, die damals in einem Dorf einen ähnlichen Menschen kennen lernte, der nach einem großen Verlust, er hatte nach meiner Erinnerung seine Schwester schon etliche Jahre nicht mehr gesehen und musste feststellen, dass sie wegen der Geldnot der Eltern zur Adoption frei gegeben wurde und meinte, dass er für die Fehler der Gesellschaft Buse tun müsse, er es aber nur im Fall des Wiedersehens seiner Schwester praktizieren könne, denn dann hätte er verziehen. << Bob wusste nicht ganz ob er das was er sagte jetzt auch hundertprozent passt, aber es fiel ihm soeben ein, und er fand es von der Aussage ähnlich, aber dennoch auf eine andere Weise gegensätzlich wie der Aussage mit dem Herzen, dass der Junge jetzt sehen konnte, oder aber nicht sah und eine schöne Vorstellung über die Würde entwickeln und gewinnen konnte. Jörn und Luc schauten zu Bob so rüber, dass dieser nichts anderes verstehen konnte als dass sie ihm auf eine Art und Weise zustimmten. Jetzt so konnten sie es alle fühlen, und die Gedanken kreisten um die Jungen, die in ihrem Herzen besser verstehen konnten als dies mancher älterer Mensch in solch` einer Situation möglicherweise tat. Jörn erinnerte sich schlagartig auch an ein Erlebnis, dass noch in weiter Ferne liegen würde, aber dennoch so greifbar nahe war, dass es ihm so vorkam, als wäre er schon dort, wo er meinte das zu erfahren und das zu erleben nach dem es ihm schon seit Jahren war. Er hatte sich in Gedanken eine Heimreise zu dem Teil der Welt vorgestellt, und dies war ein fester Moment und eine antreibende Konstante für sein tägliches Vorhaben, an dem er für eine Weile in völliger Einsamkeit mit seiner Frau und seinen Freunden abgelegen von einer metropolartig angelegten Stadt leben konnte. In der Metropole aber, die neben Casinos, Bars und Clubs auch etliche Einkaufsläden besaß, die er wegen seiner schönen Früchten besuchte und an den Fassaden Gefallen fand, die wie mit Alabaster angefertigter und überzogener Stuck in Klöstern und Schlössern, die Wände und die imporragende Decken und Außenwände zierten. Die Realität war eine andere. Die Beine stampften nun auf sandigem Boden, ihre Haut der Füße waren bestimmt schon livide verfärbt und die einzelnen Knochen hatten eine gefühlte Abnutzung erlebt, die in Wirklichkeit kaum nachweisbar waren. In der Sonne, die sich nun langsam zu drehen schien, erkannten sie ein neues schön anzusehendes Gebilde, dass von den Strahlen so gebrochen war, dass sie es auf den ersten Augenblick nur bruchteilhaft wahrnehmen konnten und es schien als würden Bob und Jörn nun einen gemeinsamen Gedanken entwickelt haben. Beide meinten zum gleichen Zeitpunkt, dass das Gebilde vor ihnen wie ein Bär aussah, der seine Tatsen nach der Sonne ausstreckte. Als sie den Strahlen durch eine ruckartige Bewegung ausweichen konnten, sahen sie, dass es sich um einen Felsen handelte, der wohl ein Überbleibsel aus einer lang vergangenen Zeit war und übrig blieb.

Als sie sich näherten konnten sie feststellen, dass auf dem Boden immer noch eine Vertiefung zu erkennen war, und ihr Verdacht bestätigte sich, dass es sich um eine Felswand handeln musste, die durch die erosionsartigen Zerbröckelungen über Jahre hinweg sich selbst abgebaut zu haben schien, und nun einen Rückschluss auf das vergangen bestehende Landschaftsbild verriet. Sie stellten sich vor, dass vor etwa dreihundert Jahren hier ein reisender Fluss, der wohl aus einer durch einen kleinen Ausbruch eines Vulkans, eine Wasserquelle mit enormen Druck aus der Tiefe herauspriesen lies, die sich dann, nachdem der Vulkan abgeklungen und nicht mehr aktiv war, dauerhaft über Jahre auf die Stellen der herausragenden Felsen, die wohl eine Kraterfunktion gehabt haben könnten, in einer Stetigkeit, die eine Abnutzung mit der Hilfe der Bewegung des Bodens nachvollziehbar gemacht hatte. Luc vermutete, dass sie hier auf einer aneinanderstoßenden Erdplattenkonstellation stehen könnten und es so nachhaltig möglich war, das diese Vertiefung, die zehn Meter in die Breite und etwa eine Tiefe von am tiefsten Punkt gemessenen zwei Metern hatte. Interessant war es als sie sich dem tiefsten Punkt der Erdsenkung näherten, hier konnten sie feststellen, dass der Boden feuchter war als in der umliegenden Gegend. Offenbar lief eine Quelle unterhalb der Erde und so war es möglich, dass sogar einzelne Pflanzen trotz der vorherrschenden heißen Sonne sich gut entwickeln konnten, und hier ihr Vorkommen deutlich gesteigert vorkam im Vergleich zu anderen Gebieten auf der Insel. >> Jörn, was meinst du in Anbetracht der hier vorzufindenden Gegebenheiten, kann es sein, dass wir hier mal einen Bodenscan vornehmen um zu schauen ob unsere Vermutung richtig war?<< dabei grinste Luc zu Jörn herüber. >> Hehe, nö, wieso sollten wir dies tun? Ich meine dass wir lieber die Blumen pflücken sollten und diese dann zu einem Strauß binden sollten, um sie dann Bob zu schenken.<< Bob sank nun in die Knie nieder und tat so als würde er den Boden küssen und schrie >> Wasser, Wasser, wir haben es geschafft, Luc zück' deine Kamera und mach ein Bild von unserem gemeinsamen Pflantschbecken, es fehlt nur noch ein kühlendes Bier und schon könnten wir hier unser Nachtlager aufschlagen.<< Luc schlug ihm mit einem lieb gemeinten Hieb auf den Hinterkopf und gab zu überlegen, ob es Sinn mache hier eine Bohrung in ihre Karte einzutragen. >>Bob hatte nun eine Idee. Wenn es sein konnte, dass hier die Platten aufeinander gerieben haben, dann könnte es auch sein, dass sie zu der zweiten Insel, die noch vor Jahren existiert haben musste, und nun untergegangen war, in einem Zusammenhang stehen könnte. Durch den Druck am Meeresboden könnte es einen aufsteigenden Strudel gegeben haben, der auf die Nachbarinsel mit enormen Druck einwirkte, und über Jahre hinweg immer die selbe Stelle des Untergrunds der Insel so bearbeitete, dass diese auseinandergetriftet sind und schließlich über die Jahre versanken. >> Ja, das kann sein. Ich habe gelesen, dass ein Teil der Insel fast am tiefsten Punkt unserer Insel unter Wasser hängt, der andere Teil davon ist auf den Meeresboden abgesunken.<< >> Ja dann wäre es auch gut möglich, dass die zwei Inseln früher zusammen gehört hatten, es könnte dann so gewesen sein, dass die kleinere Insel eine Inselzunge war und sich von der Hauptinsel abgesondert hat und eben dann, weil sie jetzt durch ihre Größe einen Nachteil erlitten hat und dadurch eine Angriffsfläche für Naturgewalten darbot. Somit wäre sie für uns auch interessant und wir sollten uns überlegen, ob wir an einem separaten Tag einen Tauchgang anvisieren, um eventuell zusammenhängende Indizien zu finden, wann zum Beispiel die Insel untergegangen war und welche Beschaffenheit sie gehabt hat.<< Alle Drei waren nun gespannt und waren von einer unheimlichen Gier nach der Lösung so beflügelt, dass sie am liebsten sofort den Weg zum Rande der Insel einschlagen wollten, um sofort runter zu tauchen. Dies war leider nicht möglich. Für dieses Vorhaben hatten sie nicht die nötige Ausrüstung dabei, diese wäre auch für so einen langen Fußmarsch viel zu schwer und müssten somit mit dem Hubschrauber angeflogen werden. Also schritten sie nach einem kleinen Aufenthalt weiter in Richtung ihres eigentlichen Ziels und verloren sich in der Zeit.

Lüno hatte sich kurz auf die Zunge gebissen und Jurga stand vor dem Tisch, als ein Vogel durch das offene Fenster flog und wohl selbst darüber erstaunt war, dass er wohl hier nicht am richtigen Fleck war, und sofort wieder, nachdem er einige Runden gedreht hatte, bei denen er seine Orientierung zum Ausgang neu anlegte, man sofort merken konnte, dass er auch kurz aufgeregt war, bevor er die Räumlichkeiten wieder verlies. Die Beiden freuten sich kurz und hatten ihr Gespräch über die witzige Geschichte von der unbekleideten Dame, die in einem Einkaufszentrum, als sie noch zusammen in Duisburg ein Museumsbesuch nach der Hochzeit eines Freundes machen wollten, spontan in der Umkleidekabine gesehen, weil der Vorhang wie für sie zu Boden gefallen war, was für den weiteren Tag die Schlagzeile war, über die sie sich noch öfter als zwei mal amüsierten. Beide erinnerten sich gerne an das Gesicht, dass zuerst erstaunt und sofort das innere Bedürfnis der Dame in den Vordergrund stellte, sie schaute kurz wie das Model höchstpersönlich, was echt in der Kürze der Zeit niedlich und zugleich amüsant anzuschauen war. Jürga konnte sich kaum noch vor Lachen halten und brüllte schon fast, dass sie es so herrlich gefunden hatte, als die ältere Frau neben ihnen nur noch huch huch, aber huch gesagt hatte und dann in ein Lachen ausbrach, dass im ganzen Stockwerk zu hören war. Ihr Löffel fiel zu Boden und Lüno schauckelte sich beinahe vom Stuhl, so sehr hatte ihr Bauch gewackelt, aber glücklicherweise konnte sie sich mit der Hand am Tisch festkrallen und so ihre Balance wieder finden. Gestern noch hatte Jurga einen kleinen Einkauf in der Stadt getätigt. Sie ging immer in den nah gelegenen Laden um die Ecke, wo es frische Ware in einer Vielzahl gab. Sie mochte besonders die frischen Zutaten zu den vielfältigen Soßen, die sie zu Hause frisch zubereitete, hier eignete sich besonders neben weissen Pfeffer, ein wenig

Anis mit frischem Korriander, den sie aus dem außen angelegten Marktstand des Ladens sich aussuchte. Außerdem mischte sie gerne ein bißchen Safran und je nach Soße etwas Kardamon dazu. Typisch für die Gegend, und sie mochte es besonders, war frischer Couscous aus Hartweizengries, der dann mit frischem Fleisch und Früchten verziert wurde. Der weiche Couscous kombiniert mit den Streifen und der Soße gibt einen besonderen Geschmack, der auf seine Weise süchtig machen konnte. Sie schlug nun Lüno vor, dass sie das Gericht, dass sie gestern schon vorgekocht hatte, nun nochmals erwärmen könne, damit sie gemeinsam das Treffen nun mit einer feierlichen Untermauerung ihres Seelenerlebnis erleben konnten. Lüno fand die Idee ziemlich gut, sie hatte auch schon mächtig hunger, der Speichel entwickelte sich in ihrem Mund und die Vorfreude schellte über den Bauch und sie war nun schon ein wenig gierig und konnte es kaum erwarten bis es warm war. Nun konnten sie sich wenigstens sicher sein, dass nicht erneut ein Vogel seine Runden über ihren Köpfen drehen würde, denn die Nacht entwickelte den Charm durch das Fenster. Müde von dem lange Fußmarsch durch die Wüste stützte sie ihren Kopf auf dem Tisch ab. Das Essen wurde in einer Schale angerichtet. Und es schmeckte nach den frischen Zutaten, die Jurga frisch besorgt hatte. Das Schmatzen und die gute Laune übertrug sich auf die Verdauungsorgane und die Glückshormone schellten durch ihren Körper. Das arabische Essen hatte seine eigene Regeln und Auslegungen was schmecken konnte.

Lüno erzählte noch ihr Treffen mit dem Chamäleon und meint zeitgleich, dass sie nun müde wäre und dringend eine Couch brauche. Da bot sich direkt die an, die vor dem Fenster stand an. Jurga saß sich im Schneidersitz dazu und beide tankten neue Energie, die sie am Tag in ihre Aktivität umgewandelt hatten. Lüno schien nun ein wenig im Dämmerschlaf zu sein, als Jurga vorsichtig fragte ob sie denn schon schlafe. Lüno war längst im Land der Träume angelangt und träumte. Jurga stand vom hölzernen Boden in die Höhe auf und ging durch den Raum in den Flur, in dem sich die Treppe zum Schlafzimmer befand. Die Stufen schaffte sie gerade noch so und schon fiel sie ins Bett. Ob sie Lüno von den letzten zwei Jahren alles erzählen sollte, und ob es Sinn mache sie noch länger hinzuhalten. Ihre Augen waren halb geschlossen und sie streichelte sich noch kurz über den Körper. Schon halb in der Phase des Träumens begegnete sie einem Mann, der ihr auf einer sonderbaren Art und Weise zusprach und ihr erklärte, dass sie diejenige sei, aber es niemanden sagen dürfe, die bald eine Schlüsselrolle der Aufständischen im arabischen Raum zugesprochen bekäme. Ihr Vater, der im Krieg gestorben war rannte im Traum über dunkle Felder und gebirgsähnlichen Felsauswuchtungen. Immer wieder sah sie drei Gesichter, doch keines davon konnte sie erkennen. Sie war nun selbst im Traum sichtbar und stand fest auf einem Punkt und wirkte dabei überdimensionierter als in der Realität, sie dachte nun zurück, und dies war eine Szene, die sie schon oft geträumt hatte, dass sie sich gelöst hatte von dem anziehenden Punkt, der im Dunklen versuchte einen wendenden Einfluss auf das Gewusste Richtige zu erlangen und sie selbst davon zu überzeugen die Richtung zu wechseln. Jetzt war sie noch tiefer eingestiegen. Sie war nun völlig entspannt, ihre Augen flatterten hin und her. Sie war nun in einer anderen Szenerie. Die Bäume waren in einer Distanz sichtbar wie sie nur bei zoomartigen Verhältnissen vorkam. Sie kam nicht mehr vor, sondern die beruhigenden Bilder ihres eigenen Lebens schnellten durch ihr Bewusstsein. Sie erwachte schweissgebadet. Schreckte auf, saß sitzend im Bett wie schon öfter in ihrem Leben. Atmete tief druch und schaute im Zimmer umher um sich neu zu orientieren und legte sich schließlich wieder ab, nachdem sie einen kleinen Schluck aus der neben dem Bett stehenden Flasche getrunken hatte.

Am nächsten Morgen stieg sie aus dem Bett, duschte sich kurz und plante den heutigen Tag. Sie wollte Lüno noch unbedingt die Stadt zeigen und die Dinge von denen sie dachte, dass sie Lüno gefallen würde. Die Couch war doch ein wenig unbequem, bemerkte Lüno als sie gemeinsam in der Küchentresen ihr kleines Frühstück mit frischen Früchten einnahmen. >> Na, hast du gut geschlafen? Wollen wir heute in die Stadt, kurz schauen, ob wir was Passendes zum Anziehen finden?<< Lüno war nicht abgeneigt, und es war klar, dass sie es sich auch verdient hatte, denn nicht umsonst war sie durch die Wüste gelaufen. Übrigens, und das wollte sie Jürga nicht vorenthalten, wurde sie ja von einem Hubschrauber direkt dort abgesetzt, da ihr sehnlichster Wunsch davon geprägt war, einmal selbstständig durch die Wüste zu laufen. Ihr Marsch hatte ja nur zwei Tage gedauert, dennoch war es eine tolle Erfahrung, da sie jetzt unbedingt bescheid wusste, dass sie in einer Notsituation auch adäquat mit ihrem Instinkt und Wissen sogar in einer Wüste überleben konnte. Schade fand sie nur, dass sie keine Nomaden traf, die mit ihren Kamelen wie in den alten Erzählungen durch die Wüste liefen um Handel zu betreiben, sondern hauptsächlich von Sand umgeben war. Sehr schön fand sie die eine Stelle, als sie den Blick auf die weit entfernte Berge hatte, die schon beinahe im Horizont unter gingen und an ihrer unzureichenden Schärfe die endlose Weite verdeutlichten und zum anderen den Kontrast zu der Sandwüste, die sich wechselnd in grubenartigen vulkanähnlichen Begebenheiten zeigte. Wie in der Sinai Wüste gab es hier auch einen Teil der Sandwüste, der mit vorkommenden Felsen sich abwechselnden. Dies war besonders von der Schönheit einer Grundnatürlichkeit der Natur so für das Auge gewählt, dass dieses die einzelne Kontraste und die phantastisch erscheinenden abwechselnden Grundstoffe der Natur wie ein Wunder interpretierte. Lüno erinnerte sich noch, als sie beinahe eingesunken war und nur noch mit großem Kraftaufwand dem Sand entrinnen konnte. Sie hatten nun ihr Frühstück beendet und Jürga sprach die letzten Worte in der Wohnung. Heiße Sonne, eine unbeschreibliche klare Sicht auf die Dinge und tolle Farbenkombinationen waren von der Sonne unterstützt dargestellt worden. Am liebsten hätten sie sich sofort auf den Boden unter der Palmein Hof hingesetzt um einen kleinen Cocktail zu trinken, doch die Route durch die Stadt beabsichtigte eine genaue Zeiteinteilung, da sie am Abend noch Besuch bekommen würden.

Das file hängte nun, ein Knarren war zu hören und es schien, als wäre es beschädigt. Jetzt schein es ein wenig dringend zu sein, die Botschaften waren gesprochen, offensichtlich konnte aus dem Gebahren der Amerikaner und der Reaktion der Welt eine Zeit eingeleitet werden, die Greultaten und Missmut unter den Menschen etaplieren würde.

Zur gleichen Zeit befand sich Bert auch in der Stadt. Auch er hatte eine sms bekommen.

In einer zirkulär verlaufenden Rutschbahn hatte sie das Glücksgefühl, das sie durch das im Körper gebildeten Adrenalin sofort in einer aufbrausenden Gefühlswelt angekommen zu sein schien. Die Freunde nahmen dies freudig zur Kenntnis. Fertig los, und wieder ruschte sie die lange etwa 2 m breite und 30 Meter lange bunte Bahn hinab. Er moderierte, gerne schaute er in die Kamera und gab sein Blick den Zuschauern zum Besten.

Werbung wurde eingeblendet und es war klar, dass die Marmelade, die kernlos dem Gaumenschmaus suggerieren wollte, dass sie so besonders schmecken würde, nun von den Zuschauern in ihrer Reichhaltigen frischen Farbe glänzte und dem Betrachter das Bild eines Vitaminstoßes vermittelte. Schon war es so, dass diese Szene durch eine kinderreiche Darstellung von mehreren Familienmitgliedern, die das Bild der neuen Mitte der Gesellschaft in den Vordergrund stellte.

You wanna stay with me, einige Extras der neu aufstrebenden Einmann Band wurde auf den Monitor eingeblendet, ein Jauchzen und tausend kurze Erinnerungen an eine Zeit als die Disco noch ihr Leben bestimmte, tauchten in ihren Gedanken auf, und sie lehnte sich auf ihrem Sofa zurück und konnte sich im weichen Kissen einkuscheln. Jetzt schweifte sie ab und kam nach einiger Zeit wieder zu sich, sah einen balancierenten Biegel der wie auf einer Seilspringerstrick schaukelte, skurill und sicherlich nicht für jeden Hund geeignet nach zu spielen, aber durchaus witzig anzusehen. Auf einer Bohrinsel hatte es ein Manöver eines Schiffes gegeben, dass einem fastigen Zusammenprall mit der

Bohrinsel gleich kam. Jetzt erst merkte sie, dass es sich nicht um eine Kollission mit einer Insel handelte, sondern ein Schiff durch ein falsches Manöver auf hoher See gesunken war, und etwa fünfzig Rettungsteilnehmer, die zur Bergung der in Booten gesicherten Menschen herbeieilten wohl live aggierten. Ein Mann mit einem sich fürchtenden Gesichtsausdruck wurde von der Kamera eingefangen und live Interviewes liefen auf jetzt jeden Kanal auf dem sie umschaltete. Was war passiert? Erst jetzt kam eine Meldung über einen Newsstreifen in das untere Drittel des Fernsehers zur Einblendung. Es war zu lesen, dass es sich um das Schiff handelte, auf denen sich wichtige Funtionäre aller europäischen Ländern befanden. Näheres über ihre tatsächliche Funktion war nicht eingeblendet worden, aber man konnte sofort darauf schließen, dass es wohl im Zusammenhang mit den diskutierten Vorkommnissen der Konstellation ging, die wohl aus der Angst eines drohenden Finanzchaos eine Drohung auf hoher See aussprechen wollte. Weiter wurde eingeblendet, dass alle in ihren Wohnungen bleiben sollten, bis lokale Informationen bekannt würden. Kommunizieren sollte weitgehend unterlassen werden, und Gruppenzusammenschlüsse sollten zum Schutze des Einzelnen umgesetzt werden. Einige Videotextseiten, Telefonhotlines und Internetseiten wurden eingeblendet. Wenn man sich vorstellte, dass es sich um wichtige Funktionäre der Weltelite der politischen Landschaft handelte, wurde die berechtigte Angst in den Vordergrund gespielt, die den demokratischen Ordnungen als Basis ihres Handels die Legitimität entziehen könnte. Jetzt schaltete die Fernsehanstalten auf ein Verwirrspiel um, die Berichterstattung wurde abrupt eingestellt und eine neue Folge von den Grämmies war nun fast auf jedem Kanal zu sehen. Draußen begannen die Hupen der Autos eine neue Geräuschkulisse zu erzeugen. Die Parkplätze der Einkaufläden füllten sich mit Menschenmengen an, wie sich später herausstellte. Sie war, als sie die vielen Lichter der langen Staus unter ihrer im siebten Stock befindllichen Wohnung am Fenster sah, spontan auf die Idee gekommen, dass sie raus müsse, und schauen musste was passiert war. Auf der Straße standen verwirrte Menschen und auch die Panik in ihrem Körper steigerte sich nun weiter. Schnell versuchte sie mit dem kompetent erscheinenden Mann, der so aussah, als habe er die Situation unter Kontrolle, Kontakt aufzunehmen, sie fragte was passiert war und eine Traube Menschen bildete sich um den Mann. Er meinte es drohe seines Erachtens ein neuer atomarer Angriff, denn es sei so, dass die Europäer, die in friedenabsicherten Wohlwollen von feindlichen, er meine militant organisierten Terroristen, angegriffen worden waren. Ein Mann fragte, ob es einen Zusammenhang zu der in Syrien befindlichen Menschenrechtssituation gäbe, doch darauf gab er keine Antwort, schnell drehte er sich ab, ihm war es sichtlich unangenehm nun von so vielen Menschen belagert zu werden, und konnte die Verantwortung, die er in seinen Worten trug, nicht vollständig tragen. So lief er mit schnellen Schritt durch die von Laternen beleuchtete Straßen in Richtung des Rathausplatzes der gleich ein paar Häuserblocks weiter eine Anlaufstelle bot, der vielen Menschen folgten. Sie erhofften sich an dieser Stelle eine schnelle Information über die Vorkommnisse zu erhalten, und wünschten sich schnelle Klarheit über ihre Situation und dem was passiert war. Die Mütter hatte ihre Kinder fest an der Hand und es waren nicht nur vereinzelt Schreie der Kinder zu hören, die völlig überfordert mit der Situation waren, auch das Beruhigen der Eltern hatte fast keine Wirkung, ein endloses Durcheinander fand nun überall wo man hinblicken konnte statt. >> Die Kriege in Vietnam, dem Libanon, Asien, Deutschland, Frankreich, Italien, Russland, Polen, Bosnien, Afrika, Mexiko, haben nicht gereicht, wir sind heute dem Untergang nahe, alle zurück in die Wohnungen, alle sammeln, organisieren, den Schwachen sofort helfen!<< So schrie ein Mann mit Brille und langem Mantel in die Menschenmenge.

Auch sie lief schnellen Schrittes in die Richtung, die der Mann vorgegeben hatte, an den Menschen vorbei, jetzt erklangen Sirenen und die Polizei drängte sich durch die angesammelten Autos und gaben über Lautsprecher bekannt, dass alles in bester Ordnung sei und keine Lebensgefahr für die einzelnen Bürger bestünde. Die Mütter sollten ihre Kinder an einen ruhigen Ort bringen und den Fernseher in einer Stunde einschalten, über den sie neue Information bekommen würden.

Etwa dreitausend Menschen hatten sich schon auf dem etwa dreifachen Fußball großen Platz des Rathausplatzes versammelt. Währendessen hatten Hausbewohner auf die Straße die neusten Informationen der Regierung weitergegeben. Demnach zeigten sie nun auf allen Sendern die Mondlandung, um ihre Macht zu demonstrieren und neuen Mut zu machen. Über ein Podest hatte sich der regierende Bürgermeister einen Pult für seine Rede selbst mit seinen Mitstreitern hingestellt und schon erklangen seine Worte durch die Lautsprecheranlage.

>>Liebe Bürgerinnen und Bürger, liebe Kinder, Sie

alle haben mitbekommen, dass über den Fernseherapparat eine Situtation geschildert wurde, die im Weiteren einen Angriff auf die europäischen Strukturen angesehen werden kann.<< Großes Entsetzen war nur in den Gesichtern der einzelnen Menschen, die sich in Gruppen sammelten und miteinander ins Gespräch zu kommen versucht waren zu hören. Eine etwa vierig jährige Frau schrie nun mit einem Megafon in die Menge, dass sie den Worten des Bürgermeisters nicht glaube, sie habe über Bekannte mitbekommen, dass der nah gelegene Bahnhof voller Extraeinheiten der Polizei evakuiert wurde, und sie vermute, dass eine Bombe im Bereich der Gleise postiert war. Die Menge reagierte darauf in einer panischen Art und Weise und die Frau wurde von Sicherheitskräften abgeführt. Jetzt begannen sich einige gegen das Polizeiaufgebot zu wehren und rückten weiter ans Podest vor. Alle waren nun gespannt, was die Wahrheit nun tatsächlich wäre. Die Geräuschkulisse wurde lauter und der Bürgermeister erhöhte nun die Mikrofonlautstärke und bat die Menge zu Ruhe zu kommen.

>> Ich verspreche ihnen hiermit, auch in der Art wie mich die neuen Information erreichen, ihnen eine vollständige und ehrliche Auskunft darüber zu geben in welchem Umstand wir uns befinden. Es wird in den nächsten Minuten neue Information geben, die Polizei und die Rettungskräfte machen das ihnen Mögliche um die Situation zu bereinigen und zum Schutze ihres Wohls ihre Arbeit ordentlich und gewissenhaft. Ich bitte Sie eindringlich die Regeln nachvollgend einzuhalten. Erstens, und sein Ton verschärfte sich, Kinder und Kranke sollen sich in die Wohnungen begeben, es besteht zur Zeit aber keine Gefahr einer terroristischen Angriffs, die Polizei hat

alles in ihrer Hand und ich versichere ihnen in den nächsten paar Minuten neue Informatioen zu liefern.<< Ein Mann, wohl regierungsbeauftragter Hintermann des Bürgermeisters, gab ihm einen Zettel. Der zögerte kurz und meinte nun, dass es für alle Beteiligte besser wäre, große Plätze langsam zu verlassen. Gleichzeitig kam ein Polizeitrupp des Bundesgrenzschutz auf den Platz und riegelte geschickt die Menschenmenge so ab, dass sie in Richtung Süden laufen mussten, die weg vom Bahnhof und den großen Einkaufläden führte. Über eine Brücke sollten die Menschen an die andere Seite der Stadt geleitet werden, um hier eine Entspannung der Situation einleiten zu können, und die Menschen sich neu verteilen konnten. Überall stolperten nun die Menschen übereinander und es war schwer, die Koordination beizubehalten, Viele schrieen nun, dass man ruhig und langsam gehen sollte und die Menschen darauf vertrauen sollten, zusammen in der Rücksichtnahme gegenüber ihres Nächsten verantwortungsvoll aggieren sollten. Eine leichte Ruhe trat ein, aber noch immer stand es den Menschen im Gesicht geschrieben, dass sie Angst und Panik hatten von den jetzt eingeleiteten Maßnahmen der Polizei, denen sie teilweise fragend gegenüberstanden. Die Menschen liefen weiter, die Brücke von der man, wenn man über die Rehling schaute Polizeiboote sah, die den Flussweg zur Stadt abriegelten, war ein dünnes Nadelöhr und barg eine Gefahr in sich. Sie hatten große Scheinwerfer und leuchteten das Wasser und Land ab. Zwischen den einzelnen Ordnungshütern waren Rettungshunde in Mitten der Beamten, die für den Notfall für Bergungen und weiteren Schutz und Rettungsmaßnahmen eingesetzt wurden. Sie hatten auch eine besondere Ausbildung zur

Entdeckung von stationierten Bomben der meisten Typarten, die es weltweit gab. Jetzt waren die ersten auf der rutschigen Brücke ausgerutscht und die umstehenden Menschen versuchten die Gefallenen wieder auf die Beine zu bekommen, doch es gestaltete sich schwierig, weil die anderen in Anbetracht der fliehenden Evakuierung, ihre Sinne so gepolt hatten, dem eigenen Leben eher gesinnt zu sein, als sich für die Allgemeinheit einzusetzen. Schlussendlich war es so, dass einige dafür gesorgt haben, nun in dieser Situation einer panikartigen Ausartung der einzelnen Gruppennormen zu widerstreben. Als die Ersten das andere Ufer erreichten, wurden diese von Beamten in drei unterschiedliche Richtungen aussortiert, um möglichst vielen Menschen in den umliegenden Plätzen Sicherheit biebten zu können. Lautes Bellen war zu hören und man konnte feststellen, dass die Hunde in der Situation von den flüchtenden Menschen so wahrgenommen wurden, dass sie eine Einschüchterung darstellten und nicht übersehen und überhört werden konnten. Über eine Parkanlage waren Gitter aufgestellt, die die Menschen nun sammelten. Über Polizeifunk wurden die neusten Meldungen über die Situation am Bahnhof und den umliegenden Kaufhäusern durchgegeben. Die Situation breitete sich nun aus, es waren nun neue Meldungen bekannt, nachdem einzelne Terroristen, die noch nicht eindeutig identifiziert werden konnten, wohl unter der Erde in den Abwasserkanalsystemen, die fast überall durch die Stadt führte gesichtet worden waren. Es war bekannt, dass einzelne Einsatzkräfte nun mit Spürhunden und Ortungsgeräten für Bomben sich auf den Weg gemacht hatten um lebensbedrohliche Bomben sichten zu können. Der Einsatzleiter, er befand sich noch in der Nähe des Rathauses hatte die Marschroute heraus gegeben, jetzt in Anbetracht der Lage, die Situation so zu beruhigen, dass die Beamten absichtlich einen Informationsaustausch mit den Massen pflegte, die nun immer mehr über die Brücke eilten, und wohl eine Anzahl von weit über zwanzig Tausend Menschen aufwiesen. Sie postierten einzelne Beamte in Mitten der Maße um Fragen der Bevölkerung zu sammeln und diese schnell beantworten zu können. Über die Luft waren Hubschrauber zu hören und die Stadt schien abgeriegelt zu sein. Bunte Leuchten feuerten in den Himmel, pervers in Anbetracht des Sicherungsvorgangs der Menschenleben. Nur, und das war zu diesem Zeitpunkt noch nicht ersichtlich, ob es sich um geheime Verständigungscodes einzelner Gruppen, von denen man noch nicht wusste auf welcher Seite sie standen, handelte. Im Wirrwar der sich immer wieder wegstoßeneden Körper, die sich teilweise auf eine Art, wie sie nur in den schlimmsten Filmen zu sehen waren, hatte sich eine Szene bei ihr besonders eingeprägt. Sie sah einen alten Mann, der ein kleines Kind auf dem Arm hatte und versuchte die Aufmerksamkeit auf sich zu lenken, weil er vom leichten Gebrechen gezeichnet war, und völlig auf sich allein gestellt die Situation zur Rettung des Kindes alleine durchziehen musste. Dabei wurde er von den umkreisenden Menschen nur teilweise unterstützt und schließlich war es so, dass ein Jugendlicher, der den Blick für solche Dinge hatte, schlußendlich eingegriffen hatte, und das Kind nahm, um den Alten zu entlasten. Jetzt meinte sie auch, dass sie immer mehr feststellen konnte, dass die Menschen füreinander da waren, zwar noch nicht in einem Ausmaß wie sie es sich wünschte, aber immerhin so, dass es dem einzelnen Menschen, der sich in Not befand eine Stütze sein konnte. Die Leuchten waren nun, da die Dämmerung hereinbrach angeschaltet. Eine junge Frau, sie hatte die Schnauze voll von dem ständigen Gedränge schrie nun aus voller Seele, dass die Leute sich um sie herum verdünnisieren sollten und ihr Platz machen sollten, denn sie leide unter Platzangst und halte diese Scheiße hier nicht mehr länger aus. Ein Mann stürzte sich sofort auf die Frau und nahm sie fest in den Arm, um ihr Sicherheit zu geben und sie zu beruhigen. Ein kleiner Junge wollte nun auch auf die Situation einwirken und sagte erst leise, dass alle aufeinander aufpassen sollten, und wurde schließlich entschlossener und gab seiner Aussage einen nachhaltigen Ausdruck. Und das war erstaunlich, immer wenn prägnante Menschen etwas sagten, so hatte dies für einige Minuten eine extreme Wirkung auf die anderen. Ein Hund war nun auch noch unglücklicherweise von den Leinen der Polizisten entrissen und jagte einer Ente im Wasser nach, was von den meisten als willkommene Ablenkung angesehen wurde.

Sie, sie nannte sich Grit, hatte die Ambition die Geschehnisse revue passieren zu lassen und neu aufzuschreiben, um sie der Nachwelt zur Verfügung zu stellen, und um das eigene Erlebte zu verarbeiten. Sie saß nun, nachdem sie die Tage einzeln in Erinnerung schwebend vorbei fliegen saß, im mit überwiegend Studenten frequentierten Park, nicht unweit der Universität für Geistes- und Naturwissenschaften in Malmö. Der Rasen war ein wenig feucht und sie stützte sich im Liegen leicht mit den Ellbogen so auf, dass sie einen Rundumausblick über die schönen Kastanienbäume mit ihren abwechselnd Konkurrenten der Trauerweiden und dem Blick nach dem in einer Flucht zwischen den Bäumen liegenden Ausblick auf einen großen Platz, der von einer von links nach rechts hin runden Treppe besaß, auf der an der obersten Ebene ein neu erbautes Kunstmuseum eröffnet hatte. Sie wusste, dass es in einer Woche zur offiziellen Eröffnung kam, wo namhafte Künstler, wie Dali, Marc, Picasso und Hundertwasser gezeigt wurden, aber auch nicht so bekannte Künstler wie Nottrott, Schütz und Xaver. Kurz dachte sie daran, dass sie unbedingt, wenn es ihre Zeit zu lies, denn sie wollte in der nächsten Zeit noch nach einer Wohnung schauen, in der sie die Möglichkeit hatte so wie jetzt gemeinschaftlich leben zu können, nur eben nicht mit so vielen Menschen wie es gerade war, die Ausstellung zu besuchen, um den Kontrast des Blaus der Pferde, die in einer Form der Vergangenheit über die Gegenwart in der Zukunft ein Abbild über ihre eigene Existenz machten, und zur dargestellten Landschaft, denen sie zwar wirklich, aber eben nur scheinbar gegenüber standen, und somit eine leibhaftige Darstellung des Mächtigen und Schönen in den Kontext der Verantwortung setzte, und dem Gedanken an die Zeit stellte. Sie hatte zwar oft das Gefühl, dass sie Menschen um sich herum brauche, doch die einzelnen Ruhephasen, in denen sie alleine für sich sein konnte, um ihrer anderen Form ihres Lebens gerecht zu werden, hatte immer wieder eine positive Ressonanz auf ihr Gefühlsleben zurückgeworfen und war somit eine lebensnotwendige Konstante. Sie fand es sowieso witzig, wie sie hier, in der neuen Stadt ihren Lebensstil ein wenig neu verändern musste. Sie stellte fest, dass sie sich wirklich ein wenig anders ernährte als noch zuvor. Auch das Leben war hier irgendwie offener, wobei es ihr oft so vorkam, als wären viele Menschen dennoch von im Sog des unausbrechlichen Zustandes, der von einem Preis der Lebensmittelindustrie und den in diesen Schichten befindlichen Entlohnugen widerspiegelten. Vor drei Tagen hatte sie mit einer Organistation die für die Erhaltung der natürlichen Landschaftbegebenheiten außerhalb und innerhalb von Malmö eine Exkursion in Richtung Stockholm gemacht, natürlich in den nah gelegenen Wald, der mit seinen kleinen Ausflüchten der betrachtenenden Augen, die Weite und Unberührtheit der in sich gebetteten vollständigen Natur den Menschen immer wieder zum Erstaunen brachte. Schon die kleinen Pfade und die weitläufige Gegend öffnete ihr eine Türe um das Erlebte für einen Augenblick kurz zu vergessen und nun die Stille und Unberührtheit zu spüren. Sie waren auf der Suche nach noch nicht entdeckten Naturheilpflanzen, die im Kontext einer Erweiterung der Apothekenpflichtigen Grundausstattung von der Gruppe patentiert werden sollte, um eine Vielzahl und alternative medizinische Versorgung auch für die weniger Reichen Menschen zu gewährleisten, denn die Organisation strebte danach, die neu entdeckten Pflanzen wissenschaftlich zu untersuchen und sie dann durch ein von der Regierung subventioniertes Programm, dass ihnen Geld zur Verfügung stellte, das Endprodukt frei auf dem Markt anzubieten, und zwar umsonst. Dies war zwar ein hoher und fast unmöglicher Anspruch, doch sie meinten, dass das raffinerierte Verfahren, dass den herkömmlichen Gewinnungen von arzneimittelstofflichen Produkten in ihrer Produktion um die dreihundertzwanzig Prozent billiger war, und somit eine Alternative darstellen könnte, die eine gewisse Abdeckung von Bedürfnissen der Gesellschaft befriedigen könnte. Und da die Produktionskosten niedriger waren und in die staatliche Hand gegeben werden sollte, die dann in Zeiten, als die Renten gekürzt wurden, dieses Geld zu einem kleinen Anteil umwälsten, damit es ihrem Vorhaben und der Vision entsprechen konnte.

Nun rappelte sie sich auf und und spürte ihre Sohlen auf dem weichen, nachgebenden Boden. In die entgegengesetzte Richtung von den Treppen bewegte sie sich nun stetig aber in einer Ruhe verhaftet zurück zu ihrer derzeitigen Wohnung wo die anderen schon mit einem neuen Gericht, dass sie soeben frisch kreirt hatten, sie freudig begrüßten und sofort sie schon beinahe auf den Stuhl pressten der sich dem holzigen langen Tisch annäherte. Gemeinsam speisten sie nun den knoblauchmässig riechenden Spinat, der in einem Blätterteig eingewickelt war, der mit Ei begossen wurde und in Mitten als Füllung klein geriebene Äpfel und Orangen zur geschmacklichen Abgrenzung zum Knoblauch hin seine Aufgabe wunderbar erfüllte, denn es war nicht nur geniesbar, sondern sie aßen in einer Leidenschaft, wie vielleicht schon seit Tagen nicht mehr. Guste joddelte nun eine Dankpreisung an die unerschütterliche Kunst ihrer tephlonbeschichteten Pfannen, die sie heute nicht verwenden mussten, weil er es sowieso hasste sie zu spülen, und in Zukunft nur noch auf solcher Art von Gerichte Lust hätte, denn es sei zum einen preiswert und auch nachhaltig ökologisch, worauf Suzan gleich ironischerweise meinte, dass es ihr nichts aus machte zu spülen, worauf die meisten lachten, denn sie wussten was die beiden nachher wieder alles in ihrem Zimmer zur

Verdauuung anvisierten. Karl-Hubert hielt nun eine Rede >> in Anbetracht der Tatsache, dass sich Ufos mit kleinen Getieren unter meinem Helm befinden, habe ich das Bedürfnis nun einen Toast auszusprechen: Prost!<< Er wurde, und das war klar, sofort und ohne Umschweifen fürchterlich ausgebooht. Und schon standen sieben Fläschchen Bier auf dem Tisch, die unmittelbar aus Gründen der Vernunft waaghalsig vernichtet wurden. Jetzt war auch dem letzten klar, dass Karl-Hubert nicht der Heiland war, so zitierte Claudios Ausruf Gernhardt, der zum Anprosten gedacht war. Grit verabschiedete sich für eine kurze Zeit und wollte es sich im Nebenzimmer, in der eine alte Couch die Mitte des Raumes zierte, noch gemütlich machen. Nun endete die Geschichte doch ein wenig anders, Gritt schlief sieben Tage und konnte danach in der WG ein neues Leben beginnen.

Gleichzeitig zum vorigem Geschehen fand in einer Wohnung, es war im Zentrum der Plattenbauten, eine weitere einschneidende Szene statt, demnach hatte sich eine Familie über das Radio informiert, wie die Situation nun seitens der Offiziellen gedeutet wurden. Hastig kümmerte sich der älteste Bruder um seine Schweter, die Angst hatte, weil ihre Eltern sich so komisch verhalten haben. Der Junge, er war gerade einmal vier Jahre alt konnte die Situation so gut deuten, dass er es schaffte die Situation in der Familie zu entspannen. Vereinzelt hatten sich im Haus die Nachbarn versammelt um miteinander zu reden und es bildeten sich informationorientierte und strategische Vorgehensweisen gegen das drohende Elend. So hatten sich einige Männer und Frauen dazu bereit erklärt über das Internet für den Notfall

Unterkünfte aufzusuchen, die auch dort aufzufinden waren, wo nicht alle Menschen hingingen, sie orientierten sich zuerst auf die ländlichen Gegenden, die zwar Umliegend aber nur, da die Stadt nun mittlerweile völlig abgeriegelt war, über Fußwege, die nicht stark frequentiert waren, nur über eine exakte Recherche im Netz auffindbar gemacht wurden konnten. Einzelne Haushalte sammelten ihre Vorräte für die nächsten Tage zusammen und packten das Nötigste in ihre Koffer. Nun gab es über google zu lesen, dass sich eine Initiative gebildet hatte, die eine Evakuierung für besonders benachteiligte Menschen in die Wege geleitet hatten. Sie machten einen allgemein gültigen Vorschlag der im Ganzen so gesehen werden konnte, dass jeweils zwei Erwachsene sich für einen Benachteiligten verantwortlich fühlten sollten. Über eine Sammeleinrichtug des Roten Kreuz waren Zelte zur Verfügung gestellt worden.

In der Umgebung zum Stausee hin hatten sich Sicherheitskräfte eine Barrikade aufgebaut, die aus Sandsäcken bestand. Auf dem Damm waren vereinzelt Kameras angebracht, die durch ihren Zoommechanismus ständig Bilder von sich nähernden Flugzeugen machten, um so abschätzen zu können, ob eine Bedrohung, und diese läge vor, wenn ein Bombardement, oder gar ein Selbstmordattentäter direkt mit seinem Flugzeug in den Damm bräche, denn die Versorgungseinheit der für die Nutzung relevanten Wassermengen, die im Notfall für das Kühlungssystem des angrenzenden bald stillgelegten Kernkraftwerk und immer mehr für die Nutzung von regenerativen Energieformen eingesetzt wurden, wurde auf 500 000qm beziffert und hatte somit eine enorm bedrohliche Wucht auf die angrenzende Stadt. Dies war zwar völlig unverhältnismässig zur Bedrohung, denn eine adäquate Reaktion wäre bei einem so angenomenen Szenarium wohl nicht entgegen zu wirken.

Die Stadt wurde immer leerer, viele waren nun in dem Bereich angekommen, die von der Polizei vorgegeben wurde. Einzelne an unterschiedlichen Stationen positionierte Rettungswagen wurden immer häufiger Mittelpunkt eines sich ablaufenden Rangeln unter den Menschen, viele waren nun verletzt aus der Maße geborgen worden und wurden ärztlich versorgt. Ein kleiner Junge, der völlig mitgenommen von der Situation war, dass sein Vater soeben im Wagen behandelt wurde, wurde von einer älteren Dame beruhigt. Der Vater hatte wohl kräftigen Hieb in die Lendengegend bekommen, so dass dieser einige Zeit keine Luft mehr bekam, worauf sich zwei Helfer aus der Menge dem Vater annahmen und ihn zum Wagen der Rettungkräfte brachte. An der Sammelstelle waren Flutlichter angebracht worden, die die einbrechende Nacht auf ihre ganz individuell hell erleuchtende Kraft zeigte. Einige waren sogar durch das grelle Licht, das auf die Menge gerichtet war um weitere Panik einzudämmen, in ihrer Sicht so beeindrächtigt, dass sie nur noch schwarze Punkte für eine Zeit sehen konnten. Am Rande der Stadt beruhigte sich die Situation immer mehr, und vereinzelt konnte man feststellen, dass die in den Häusern gebliebenen Familien und Singles sich immer mehr strukturierten und auf ein Szenarium, das einer schweren Zerstörung und somit einer starken Bedrohung für sie darstellen konnte, gewappnet waren. Ihre Stimmung war zwar nun etwas herabgesetzt, abwartend und von dem überfluteten Angstgefühl gebändigten nun in sich ruhenden Konstellation des Gefühlsleben, dass sich auf eine Situation eingestellt hatte, die den Plan nach einer Rettung dann gezielt vorsah, wenn es zu diesem kommen würde, allein die gemeinsame Auffassung und der Austausch über das Gedachte, hatte eine unheimliche Wirkung auf die Hausbewohner. Sie konnten sich nun wie eine Herde gezielt einen Plan machen, die durch die List dem Gegener direkt in die Augen schauen könnte, um sich einen Eindruck über das Ziel zu machen und direkt darauf einen Gegenschlag oder Verteidigungsplan entgegen setzen zu können, geprägt war. Dies war nun eingebettet in die gegenseitige Wärme und dem engen Beisammensein aller Menschen. Das Radio vermeldete nun eine neue Meldung über die Situation, demnach waren vor einigen Minuten bekannt geworden, dass an den Grenzübergangen eine Überlastung vorliege, und die Menschen es vermeiden sollten mit den Autos in die Stadt zu fahren. Es sollten keine Menschen alleine aus dem Haus gehen und es wurde nochmals darauf hingewiesen, dass die Einkaufsläden in ein paar Stunden wieder besucht werden konnten. Die Zuhörer waren daraufhin zumeist etwas verunsichert.

Der Wind pfiff durch die Gassen. Der Schal kurbelte an ihrem Hals hin und her, sie war alleine und ohne Begleitung weit entfernt von dem drückenden und gleichzeitig bedrohlichen Situation in der Stadt. Über einen Korridor des Rathauses hatte sie fluchtartig, als die anderen noch nach einer Strategie suchten, um das kurz von der Bekanntgabe der TV-Sendern früher bekannt gewordene Information über die

Bekanntgabe der neuen Information, dass es offensichtlich einen Zusammenhang zwischen den im Bahnhof positionierten Einsatzkräften, die zur Sicherung der drohenden Explosion an den Eingängen und Rund um das Gebäude positioniert waren und zum neu beobachteten Anflug eines Flugzeuges des Boing 747 Typs, einem Passagierflugzeug aus der neueren Zeit, dass ein ungefähres Sitzplatzvolumen von dreihunderfünfzig Passagieren hatte und eine Ladefläche für sieben zusammengefaltete Fussballfelder unter Deck nicht nur Platz bieten konnte, sondern es noch um das Doppelte ihres Volumens verstauen konnte, das Gebäude verlassen. Jetzt war klar, dass ein unmittelbarer Zusammenhang zum im Bahnhof immer noch nicht zuletzt ganz identifierten Menschen, die anscheinend einer Terroreinheit zugeschrieben wurden, die vor einer Stunde zuvor wohl eine Kontaktperson aus über zweitausend Kilometer entferntem Land, dass auf der Karte einem Gebiet zugeschrieben wurde, das eine versunkene Insel beschrieb, wo vor drei Jahren ein Forschungsprojekt der Regierung ausgeführt wurde, um den geophysiologischen Zusammenhang des Untergangs mit den Wasserbewegungen des weitläufigen Ozean zu analysieren um einen Rückschluss auf die jetzige Beschaffenheit des in diesem Gebiet herrschenden Stroms, der für die in zehn Kilometer umkreisenden Gebieten den Einfluss beherrschen um die in diesem Gebiet sonderbar und noch nicht zuletzt ganz erforschten Fischen, die nur unter bestimmten Temperaturvorkommnisse existieren konnten und durch einen eigenartige Genveränderung nicht wie viele andere Fische zu wandern, sondern exakt ihre Umgebung dort definierten, wo die Wassertemperatur durchgängig in einer Tiefe von unter acht bis zwanzig Meter auf vier Quadratkilometer sich ernährten und fortplanzten und dabei eine sonderbare Auswahl ihrer Partner nach einem Mechanismus des über die Kiemen nicht reflexartig, sondern gezielt auf die im Wasser herrschenden Ebenen ausbreiten, gab. Die geordete Koordinate wurde in Frage gestellt und sie beschloss nun doch schneller zu aggieren als sie ursprünglich gedacht hatte. Sie flüchtete nun an den Sicherheitskräften vorbei, denn sie hatte den Vorteil das sie ihren Ausweis missbrauchen konnte um über den abgeschränkten Bereich in die Südstadt zu gelangen. Gut das sie noch zuvor, als sie noch im Rathaus war, von den dort arbeitenden Abgeordneten erfahren hatte, dass nun von Seiten des Bürgermeisterkommites für Sicherheit eine Hinhaltetaktik propagiert wurde, die das Ziel hatte die Massen über eine Brücke an einen anderen Ort zu leiten.

Sie raffte sich auf, blickte umher und war sich nun sicher den richtigen Weg gewählt zu haben. Florin's Plan war klar, sie wollte unbedingt wissen was geschehen war. Aus Zeiten als sie noch als Forscherin an einem Projekt arbeitete, wusste sie von solch` beschriebenen Szenarien, die sich nun in der Realität wieder gefunden hatten. Damals hatten sie eine Studie über die Mechanismen eines politischen Dramas durchgespielt. Demnach waren immer die selben Wirkungsmechanismen bei allen Konstellationen auffindbar. So war zum einen immer die politische Situation in einem Kontext zur auffindbaren gesellschaftlichen Basis angenommen und entdeckt worden. Oft waren die Handlungen von terroristischen Kräften geprägt und ein Einlenken der Regierungen standen unter dem Druck der national pluralistischen Ausprägungsform, die in einem eigenverantwortlichen Verhältnis zu den rechtsbasierenden Grundüberzeugungen die Handlung lenkte. So galt für Europa pauschal, dass es das Ziel hatte durch vereinte Kräfte und dem Mitwirken der USA einen Komplott zur Sicherung ihrer Leben zu erhalten und auszubauen. Entscheidende Lücken, die ein Angriff auf den Staat zu liesen, standen meist in Haltungen zu aussenpolitischen Themen, so war angenommen worden, dass Bündnisschwache öfter einer Bedrohung ausgesetzt waren. Gleichzeitig galt die Faustregel, dass über die geheimen Informationsaufbereitungsstellen in den größten Teilen der Welt eine weitreichende Kontrolle über mögliche im Vorfeld zu erkennende Andeutungen oder Ausführungen von bedrohenden Konstellationen war. Das jetzige Bündnis verfügte über reichhaltige Informationen, so konnten fast neunundneunzig der drohenden Angriffe frühzeitig erkannt und entwaffnet werden. Jene Situation verlangte einen anderen Ansatz, denn die Situation wurde nicht erkannt. Noch immer wusste man nicht welche Kräfte für die katastrophale Ausuferung der Geschehnisse verantwortlich waren. Eigentlich war es aber auch klar, dass es sich um terroristische Kräfte handeln musste. Angriffe auf die Grundwasserversorgung und Lebensmittelindustrie waren in der zweiten Stufe eines Angriffs einer solchen Kampftruppe angenommen worden. Diese Situationen wurden immer mit stationär postierten Eliteeinheiten bestückt, um Kontrolle und Handlungsspielraum zu gewinnen, um auch lokal wirken zu können. Doch die Frage drängte sich auf, welche Mechanismen dazu führten, dass genau solche Verwicklungen im Kriegs- oder Terrorgebahren zum Ausdruck kamen. Wohl waren wie sie gehört hatte, und sie stand in einem Austausch zu einigen Menschen, die an der Brücke postiert waren, diverse Lichter am Himmel zu sehen und die Einsatzkräfte sicherten Land und Wasser gleichermaßen ab. So konnte man davon ausgehen, dass die Kanalisation für einige Bomben genutzt werden konnte. Der Luftweg war weitgehend abgeriegelt, es durften nun nur noch angemeldete Flugzeuge nach doppelter Überprüfung und Scan der Insassen das Land überfliegen.

Sie überlegte kurz, schaute umher und stellte für sich fest, dass sie nun zum Bahnhof gehen wollte um heraus zu finden, ob es einen anderen Grund für die Absicherung der Örtlichkeit gab. Gleichzeitig hatte sie ein mullmiges Gefühl von der Umleitungsaktion der Polizei. Da sie über einen Mitarbeiterausweis verfügte, konnte sie die Polizeischranken durchbrechen und konnte sich so Zutritt zu anderen Örtlichkeiten machen als andere. Der verglaste Hinterausgang, der nur von wenigen Mitarbeitern des Rathause genutzt wurde, öffnete sich automatisch und sie konnte den Schwung mitnehmen, den sie in ihrer Brust fühlte. Schnell hatte sie eine Verbindung zum Internet um über die wichtigsten Veränderungen bescheid zu wissen. Die erste Absperrung der Polizei folgte auf eine Hauptstraße, die sich in kleinere Straßen aufteilte und es war kein Zufall, dass sie von den Beamten aufgehalten wurde. In den Augen der Beamten war die Gesamtsituation der jetzt abgelaufenen Konstellationen klar erkennbar. Sicher war es Absicht, dass nicht alle über die wichtigsten Details ihres Vorhabens aufgeklärt waren. Eine leichte Ratlosigkeit mit einer Abwartetaktik wurde als stimmungsvermittelndes Instrument genutzt, und entsprang auch einem wahren Empfinden. Sie konnte nun unmöglich so weiter gehen wie jetzt, denn es kostete viel Zeit, bis sie die Absperrungen passieren konnte, so wusste sie, dass auf der anderen Seite der Stadt, an der Hauptkreuzung zum Bahnhof, der von dort noch zwei Kilometer entfernt war, eine Unterführung zum nah gelegenen Park existierte, aber es auch gleichzeitig in ein Viertel führte in der die Straßen eng miteinander verschachtelt waren. Schon möglich, dass auf den Dächern einzelne Posten standen und die Stadt beobachteten. Sie hatte das Gefühl verfolgt zu werden und wusste, dass sie nicht in aller Augenschein die richtige Handlung ausführte, doch die Sicherheitsmaßnahmen der Polizei waren auch im Hinblick auf die Sicherung der Situation richtig und logisch. Jetzt musste sie nur noch an den besagten Ort hin finden, und schon könnte sie über die verbundenen Hauseingänge sich einen Weg sichern, der nur von wenigen Polizisten bewacht wurde. Eigentlich war sie vom Glück besiegelt, denn wie konnte es sein, dass die Beamten sie an der Stelle der ersten Absperrung einfach nur wegen eines Ausweises passieren lassen würde. Ihr war klar, dass sie nun dennoch unter Beobachtung stehen musste und es war ihr ganz Recht dies zu wissen, weil sie daraus auch die nötige Rückendeckung für ihr Vorhaben herausziehen konnte und so mit einer Erleichterung weiter gehen konnte. Im Bahnhof, der als strategische Punkt eines Angriffs absichtlich abgesperrt war, konnte man die Idee hegen, dass durch die verbundenen Tunnelsysteme, die sich teilweise über fünf Kilometer jeweils zur nächsten Station erstreckten, es möglich war an den Punkt zu gelangen, wo die Wahrheit zu finden war, oder zumindest einen Anhaltspunkt für die existierenden

Möglichkeiten, die man in Betracht ziehen muss, wenn man eine Strategie verfolgt, die mögliche wichtige Sammelpunkte für beeinflussende Größen beider Seiten suchen würde. Wenn es nun gelingen würde, einen Treffer zu landen, so wäre es vom großen Interesse, die Strukturen, die zu finden sind, schnell in sein eigenes Handeln zu integrieren um die notwendige Information mit einem realtiv hohen Wahrheitsgehalt an die richtige Stelle leiten zu können. Tatsächlich fanden sich nun einzeln postierte Beamte auf den Dächern auf ihrem Weg zur Kreuzung. Immer wieder sah sie sich in Mitten der Angreifer, die sie nun aufgespürt hatte. Sicher war ihr bewusst, dass sie sich nicht selbstüberschätzen durfte, ihre Erfahrung hatte sie gelehrt nicht unnötig die Risiken herauszufordern, so stand sie in einem Verhältnis, das auf einer fundierten Wissensbasis über vorhanden mögliche Konstellationen fußte und im Einklang einer allgemeingültigen Ansicht über die Verhältnisse eines aktiven und gleichzeitig pluralistisch formulierten Gedanken getragen wurde. Man konnte davon ausgehen, dass die Angreifer, wenn sie sich im Land aufhalten würden über Kontaktstellen zu anderen Gruppen im Land schon im Vorfeld ihr Handeln geplant hatten, so wusste sie, dass die Bestechungsmechanismen, aber auch die normal getätigte staatliche Organmacht in einem tolerierten Verhältnis zur nötigen Kriminalität schon im Vorfeld geschehen sein musste.

Durch einen Freund hatten sie einen Fall in früherer Zeit aufgedeckt, der zwar nur bildlich eine Situation beschrieb, wie sie vorkommen könnte, doch eben auch interessant war, nachdem ein ausgesuchter Bibliothekar in seinem Umfeld durch erkannte Strukturen und Denkmechanismen und seiner Interessenslage, die von einigen erkannt und genutzt wurden, seine normale Handlungsweise umgelenkt wurde. Damals ereignete es sich so, dass es in seinem Umfeld Menschen gab, die sich immer wieder freuten ihn zu sehen, eine hohe Maß an sozialer Inklusivität vorhanden war, dass ihm zu sicherte, und er hatte scheinbar die freie Wahl seinen eigenen Status in seinem Viertel zu gestalten, einer von den Ihrigen zu sein. So war es nicht ungewöhnlich, dass er in einer Bibliothek arbeitete und in seiner Freizeit viel reiste, und er sicherlich nicht einer der Letzten war, der sich übermäßig für die nicht-überregionalen Dinge des Lebens interessierte. Als jener ungefähr dreisig war, hatte dieser eine Frau kennengelernt mit der er einen Sohn und zwei Töchter in die Welt hineintrug. Sein Hobby hatte er bereits in seinen Beruf integriert und mit dem Sportclub der Kanuten hatte er einen schönen Ausgleich zu seinem Job. Eines Tages wurde er auf dem Zufall heraus krank und konnte seine Arbeitsstätte für zwei Wochen nicht mehr aufsuchen. Ein fieberhafter Infekt plagte ihn, und er war dem Bett fröhlicher gesinnt als andere, und hatte die Idee, dass wenn er nur genügend Schlaf bekomme, er dann auch wieder voll auf der Höhe aufspielen könnte. Er genoß es nach einer langen Druststrecke seines Treibens endlich einmal in der Position zu sein, sich nun ohne schlechtes Gewissen einfach so treiben lassen zu können, soweit dies unter seinen Fieberschüben möglich war. Als es sich zwei Jahre später herausstellte, dass er einem Virus zum Opfer gefallen war, hatte er die nötigen vorbeugende Maßnahmen verpasst. In jener Zeit ereilte die Familie dringende Geschäfte in der Nachbarstadt, wo die Ehefrau jetzt, da es Saison war, einem kleinen

Handel mit Orangen und Zitronen nach ging. Sein Verhalten hatte sich die nächsten Jahre verändert und er hatte immer wieder phasenweise Kopfschmerzen. Dies änderte sich eines Tages und er endeckte die Welt neu. Nun hatte er sein soziales Umfeld verlassen und interessierte sich nicht mehr all zu sehr für die familiären Strukturen. Diesen Wandel konnten die Menschen um ihn herum gut mitbekommen, und es wurde heftig darüber spekuliert, warum er sich auf einem so entwickelt hatte, denn früher war er immer eine fröhlicher, aufgeschlossener und bodenständiger Mensch gewesen, der seiner Familie den höchsten Respekt entgegen brachte. Als sie nach Jahren der Beobachtung feststellten, dass immer wieder selbige Personen, die in keinen Verhältnis zur umliegenden Struktur der Familie standen ihn aufgesucht hatten, konnte man den Eindruck gewinnen, dass eine äußerliche Beeinflussung vorlag, denn jedes Mal wenn die Besuche ein Ende gefunden hatten, war eine leichte Varhaltensänderung bei ihm zu erkennen. Als sich dann später ein Zugezogener der Geschichte annahm, hatte er eine Entdeckung gemacht. Seiner Theorie nach sollte er an einer Borreliose leiden, durch die Art seines Wissens war er für einige Gruppen in der Gesellschaft interessant geworden, diese hatten ihn mit Antibiotika behandelt ohne das er es merkte, er konnte dabei die positiven Effekte kennenlernen wenn sie ihn besucht hatten, und so ging er davon aus, dass er sich so ohne Probleme in solch' eine Richtung entwickeln konnte, das er schließlich sich von seinen vorigen Strukturen löste. Eine sehr umstrittene Theorie, und sicherlich auch nicht adäquat zu den Möglichkeiten die tatsächlich existieren und zur Würdeüberschreitung von

Menschen in Betracht zu ziehen waren. Somit konnte man dieser Theorie wenig Beachtung schenken. Nur, die umliegenden Strukturen hatten keine Adaptionsmechanismen entwickelt und so war es leicht zu erklären, warum er sich so entwickelt habe. Es waren nun wieder die anderen, die die Not erkannten und versuchten ihn für sich zu gewinnen und Schuld an seinem Wandel waren. Was aber dennoch interessant bei der Tatsache war, dass er unabhängig davon, ob er nun einer Erkrankung ausgesetzt war oder nicht, sein Handeln selbst oder in Folge von anderen Menschen, die er bis dahin nicht kannte, entwickeln lies, und er die Meinungen vieler Menschen auf sich bündeln konnte, beziehungsweise, er merkte wie er nun immer wieder in seinem neuen Leben beobachtet und bewertet wurde, dies fand er zwar nicht schlimm, doch irgendwie hätte er sich dies auch anders vorstellen können.

Was Florin besonders an dieser realen Geschichte interessierte, waren die Ideen, die bei Menschen entstanden, wenn sie mit einer fremdartigen Situation nicht umgehen konnten, oder auch möglicherweise nur so darüber befanden, wie sie meinten, dass es auch bei ihnen vorkommen könnte. Sie wusste also um die Effekte, die eine solche Situation auslösen konnte bescheid, und hatte in ihren Forschungen die Unberechenbarkeit der Handlungskette schon soweit erforscht, dass sie wusste, dass die Verschleierungstechnik der einzelnen Angreifer, durch antrainierte Demütigung oft genutzt wurde. So hatte sie nicht nur annähernd eine Ahnung von dem was im Bahnhof ablaufen würde, sondern nach ihrer Vorstellung sollte es sich hier um eine Ablenkungstaktik der eigenen Leute handeln, die die Menschenmenge in ihr sicherst gedachtes

Viertel leiteten. Deswegen musste sie unbedingt wissen, ob es zur Realität gehörte oder nicht, denn wenn sich einige Dinge in dieser Konstellation verändert hatten, so würde sie gerne dazu beitragen, dass der Ort auch letztlich sicher gewählt wurde, wovon sie derzeit nicht unbedingt ausgehen konnte.

Als sie nun weiter durch die Hauseingänge die nächstgelegenen Straßen aufsuchte, hatte sie den Weg zum Bahnhof schon fast im Blick, jetzt kam es darauf an, wie sie ohne gesichtet zu werden an den Bamten vorbei kommen könnte, was eigentlich fast nicht möglich war, deswegen brauchte sie mindestens zwei Ideen, wie sie es schaffen konnte. Eine Idee war sicherlich das Tunnelsystem zu nutzen, das aber auch von Hunden und einer Extraeinheit gesichert war. So sollte sie eigentlich auch eine von ihnen sein um die notwendige Befugnis zu erlangen, dazu müsste sie aber einen Beamten überwältigen um an seine Uniform zu kommen, was ihrer Ansicht die besten Chancen auf ein Eindringen in den sensiblen Bereich brachte. Sie erinnerte sich nun an eine erlebte Situation, als ihre Schwester eine Situation meisterte, die in einen Verhältnis zu ihrem Erleben stand und wollte sich dadurch auch die nötige Motivation für ihr Vorhaben holen.

Ein helles bläuliche Licht entsprang der Realität und sie erhob ihren Anblick in einem mechanischen Raum, in dem Maschinen des unterschiedlichen Typklassen standen. Ein Schuß fiel, das blau der Lampen begann zu flackern und es war klar, dass sie nicht alleine war. Dunkle Erinnerungen kamen in ihrem Kopf hervor und sie erinnerte sich an ein Treffen im Juni in Italien, wo sie unter den Einflüßen von einem Brand, bei dem sie sich in der Wohnung befand, und nur noch kriechend fortbewegen konnte, so als wäre sie vollständig vom erdrückenden Rauch, der in seinen Lungen die Alveolen auf eine eindrückliche Art und Weise erdrückte und beinahe zum Stillstand von Adrenalinausschüttung sorgte, dafür schuldig, dass sie nun in einer sonderbaren Konstellation des Lebens versuchte zwei Menschen aus ihrem Haus zu retten. Es sollte sich in einer Bar ereignet haben, einem Haus in der Stadt der zwanzig tausend Einwohnern von Holberg. Die Flaschen auf den Glasregalen und die schimmerten Lampen hatten ihren Geist aufgegeben. Das Funkeln verflüchtete die Augen in eine Szenarium des grausamen Bewusstsein, jetzt in die Falle getreten zu sein, die ihr Leben nachhaltig prägen sollte. Jetzt hatte sie sie gefunden, völlig in einer Atemdepression ergeben, lagen sie beide mit ausgestreckten Händen zueienander hin auf dem Boden, einfach nur da und konnten ihrem Kreislaufgeschehen ihres Körpers nur mit einer Ohnmacht entgegnen. Heller spindelförmiger Lichteinflüße durchfluteten wohl ihre Gedanken, die nun in einer absoluten Parallelwelt angekommen wäre, die die Ausprägung einer Insel des Bewusstsein zu sein schienen, dass sich nun in einer Weise wie es sich nur ein fast toter Menschen vermutlich empfinden konnte, hatten sich auch die Schmerzen in ihre Brust gedrückt und die Azidose erlitt Einklang mit dem Körper. Es schienen nun alle Indizien dagegen zu sprechen, dass sie es zur richtigen Zeit noch schaffen konnte. Voller Elan und der besiegten Angst in der Situation richtete sie ihren Thorax auf, durchwanderte die Seelendynamik ihrer geprägten Form des Sein und streckte die Hände weit aus. Was konnte es gewesen sein? Gott sei Dank hatte sie nun eine Frau erblickt, die im fürchterlichen Blick die

Sinfonie des Entgegenkommen vom Sog geleiteten Miteinander sofort begriff um was es sich handelte. Ein Gedanke so nahrhaft an emotional-geistiger Arbeit und zugleich die Idee sofort eingreifen zu können, motivierten sie schnell. Was war geschehen? Die rünstige Situation verlangte strukturiertes Denken. Voll im Zusammengehörigkeitsgefühl hatte sie die Situation scheinbar jetzt an ihren baldigen Partner weiter gegeben, der nun in einer Form der Zugehörigkeit zu ihr vor ihr stand, es annahm und sofort aggierte. Was konnte in der Situation das Regelwerk jetzt so ausrichten, dass schnellstmöglich die richtigen Handlungen ablaufen würden.

Jetzt sahen sie sich im Nebel des Rauches, blickten auf die zwei liegenden Menschen, etwa drei Sekunden waren vergangen und sie nahm sich den Liegenden an, bückte sich, klatschte auf den Boden, war völlig entspannt und voller Ruhe und schaute nach, ob die beiden tatsächlich nicht mehr schnauften. Die Frau hatte wohl erbrochen und so musste sie ihre Finger in ihren Mund stecken und sie schnell auf die Seite legen. Er hatte wie sie noch Puls, doch seiner raste bei weit über 300 Schlägen pro Minute, sie schlug auf den Brustkorb des Mannes und sah ihn wie er noch jung war und auf einer Veranda und einem Jungen etwas gegeben hatte. Jetzt rückte die Konzentration in den Mittelpunkt des Geschehens, er kapselte sich an das wahrgenommene Bild und verbindete es mit seinem Leben und wusste, dass er die Situation jetzt überleben werde, wenn er es annimmt sich für eine Weile mit diesem zu beschäftigen, um sich auf den Punkt des Lebens zu erinnern und sich fest aus der Kurbel, einer Schlinge der Anziehungskraft des Todes zu entledigen. Sie mussten beide sofort hier raus. Erst nahm sie ihn und zog ihn über die Fließen, die dafür sorgten, dass sich der Rauch nicht zu sehr auf die untere Ebene des Raumes herabsetzen konnten. Nebenbei hatte sie den Notruf getätigt und es war eine Frage der Zeit, dass sie nun genau dann fertig mit ihrer Arbeit waren, bis die dringend notwendigen Helfer eintreffen würden. Sie hatte in der Zeit innen mit dem Spenden von Atem begonnen bis er wieder kam um sie zu holen. Draußen musste sie sofort mit der Herzmassage beginnen und drehten ihn vorsichtig von der Seite auf den Rücken, öffnete seinen Mund, schloß ihn wieder und drückte eine gut gefüllte Lunge in die Nase, um den Kreislauf des Körpers sofort mit Sauerstoff zu versorgen, wiederholte dies und schaute, ob sich der Thorax bewegt hatte, und er tat dies! Jetzt begann sie bis er wieder kommen würde mit der Herzmassage und ihr fiel blitzschnell ein, dass dies nicht bei ihr hoffentlich nicht nötig sei, und sorgte weiter für Sauerstoff, überprüfte den Puls und bittete, dass es nun gleich reibungslos ablaufen würde. Jetzt beschleunigte sich der Puls extrem und glitt in eine nicht mehr fühlbare Konstante über, sie begann sofort erneut die Massage, schlug auf den Thorax und bittete darum, dass der Herzstillstand, nach der starken Beanspruchung des Herzens wieder in einen Rhythmus übergehen würde, reanimierten weiter, sie spendete nun wieder zwei mal acht Stöße Luft in die Nase. Sie lagen beide nebeneinander, so dass sie sich dabei anschauen konnten und hatten im selben Takt reanimiert, zuvor hatten sie zehn mal die Lunge beatmet und wechselten nach dem die Brust dreisig Mal eingedrückt wurde ihre Position, spendeten erneut Atem in die Nase der Beiden. Überprüften den Puls und mussten sehen, dass sie den Rhythmus beibehielten. Die Haut der Frau hatte sich verändert, aber der Puls war noch immer nicht fühlbar. Eine Bleiche durchglitt ihren Körper, er nahm ein Messer schlitzte die Pulsader der Frau leicht an, bis die Rettungskräfte eintrafen. Für eine Sekunde erleuchtete sich der Himmel und ein Schwall an frischer Luft wurde von ihm in sein Herz geschleudert. Aus einem unerfindlichen Grund näherte sich nun eine Katze an die Vier und bleib kurz stehen, beide hatten sie nicht gesehen, sie redeten nun miteinander und meinten, dass sie es gut finden würden wenn die Beiden nun endlich wieder mit dem richtigen Schnaufen anfangen würden, die Atmung war zwar jetzt da, aber es schien den Beiden so zu sein, dass sie unterversorgt waren. Der Rettungswagen traf ein. Nachdem die Rettungskräfte sofort aus ihrem Wagen ausgestiegen waren, wurde die bedrohliche Lebenssituation der Beiden sofort angegangen, der Notarzt gab nun Anweisung Adrenalin zu veabreichen bei Kreislaufstillstand, nachdem der Sanitäter einen Zugang in die Vene geleg hatte und überwachte die Kreislaufsituation kurz und hatte Beide fest im Blick und meinte die Schocksituation, in der sich das Kreislaufgeschehen zentralisiert hatte sofort mit Ringerlösung / HES auszugleichen. Der Assistent nahm Blut vom zweiten gelegten arteriellen Zugang und teilte die Werte der Blutgasanalyse mit, so dass der Arzt die Verdachtsdiagnose einer Azidose bestätigen konnte. Nun wurde über die Infusion Hydrogencarbonat gegeben, nachdem die Defibrillation keinen Erfolg brachte und die Druckmassage schon einige Minuten lief und die Intubation gleichzeitig die Sauerstoffgabe sicherte, hatte man immer wieder Adrenalin gegeben. Kalium wurde substituiert und die Zeit wurde in Intervalle eingeteilt, so dass es möglich war die anfängliche 8,4% Hydrogencarbonateinheit pro 1ml auf alle 10 Minuten auf 0,5 ml zu minimieren und wurde mit Aqua nachgespült. Die Azidose sollte nicht vollständig ausgeglichen werden. Die Kreislaufsituation besserte sich bei der Frau, die von einer schwereren Form der Azidose betroffen war fast gleichzeitig zu der des Mannes wie im Märchen. Immer noch schlugen die Herzen nicht.

Es wurde weiter reanimiert, das ganze Team arbeitete Hand in Hand. Die Brustkörper wurden weiterhin in einen regelmässigen Takt gedrückt und es schien so als würde eine Energie überwandern. Die Azidose des Mannes war nun beinahe vollständig ausgeglichen und so konnte weiter die Zentralisierung bekämpft werden, eine HES wurde im Schuß appliziert, herzstärkende Medikamente verabreicht. Nochmals wurde Dopamin und Adrenalin in einer überhöten Dosis in die Arterie appliziert. Es schien dass sich nur minimale Veränderungen sichtbar machten und dann geschah es genau so, wie der Arzt die Situation einschätzte, dass die Kreislaufsituation der Beiden sich stabilisiert hatte, das EKG zeigte nun einen Übergang in den Sinusrhythmus an, vereinzelt hatte sich das Herz und die nebenher ablaufenden Mechanismen der psychischen Komponete in einen Kampf um das Einleiten des Rhythmus, der von vereinzelten Schlägen in einen Sinusrhytmus überging und dieser beibehalten wurde.

Carla hatte nun den größten Nutzen ihrer Selbst gegeben und war stolz die Situation überstanden zu haben.

Florin dachte gerne an die Situation zurück und hatte eine Verbindung zu ihrer Schwester, hatte diese Situation doch einen Höhepunkt in ihr Herz gelegt, der die nötige Motivation und Menschsein stärkte, und blieb nun doch kurz stehen, bevor sie den Bahnhof, der vor ihr lag betreten würde. Irgendwie war sie stolz auf ihre Schwester, die zuvor noch nie in so einer Situation gewesen war. Eine Notsituation dieses Ausmaßes verlangte höchste menschliche Bindung und Konzentration, wenn sie sich vorstellte, was bei einem Angriff passieren würde, der auf Menschen abgezielt hätte, wurde ihr kurz schlecht.

Sie schaute nun noch kurz, hatte sich den nötigen Überblick gemacht und meinte,dass es besser sei zurück zu gehen um ihren eigentlichen Plan umsetzen zu können. Sie musste an eine Uniform kommen, sonst hätte sie keine Chance in den sensiblen Bereich vorzudringen. Nur wie konnte sie es schaffen, wenn die Beamten beinahe nie alleine waren, sie hatte sofort eine Idee, in dem bereitgestellten Dixiwagen, der in einer kleinen Seitenstraße gerade aufgestellt wurde, witterte sie ihre Chance. Sie wusste noch wie man einem Menschen kurz außer Gefecht legen kann und betrat, nachdem sie beobachtet hatte wie lange die ersten in der Toilette brauchten, so dass sie ungefähr wusste, wie lange ihre Überwältigung und Umziehaktion dauern durfte, den Wagen. Gut dass das alle große Buben waren, und der Dixiwagen unbewacht war. Links und rechts war niemand zu sehen, die Häuserfront hatte gut ihren Weg zum Dixi verdeckt und sie konnte kaum beobachtet oder gesichtet werden, betrat den Plastikwagen und verschanzte sich in eine der vier Kabinen ohne dabei abzuschließen. Wenn sie alleine mit nur einem Beamten wäre, würde ihre Aktion gelingen. Die Tür öffnete sich, sie wusste dass ein weiterer Beamter im Raum war und schrie kurz >>sorry<<, die Türe war daraufhin wieder zu, dies wiederholte sich vier mal und sie bekam langsam schon keine Lust mehr weiter zu lauern. Jetzt geschah es, anscheinend war der Beamte alleine, jetzt musste er nur noch eine Kabine wählen, die Chance stand ein zu vier, gut dass alle in Kabinen mussten und es keine Urinar gab. Es geschah, der Beamte hatte falsch gewählt, bekam sofort eine gegen die Brust, knickte um und sie drückte hinter sein Ohr, riss seine Hände auf den Rücken und meinte >>Keinen Mucks, sonst bist du weg, aber richtig.<< Der Beamte zappelte keinen Millimeter, sie nahm nun das kleine Stahlrohr, das sie noch aus dem Klopapierhalter entwendet hatte und drückte es auf den Rücken. >> Ausziehen und keinen Ton, Unterhose und Unterhemd nicht, den Rest alles, und Fresse halten. Jetzt waren die Türen immer wieder gegangen, ihre war gut verschlossen und sicher vermutete keiner eine solche Aktion hinter der ihrigen. Die Kleider waren ausgezogen, sie sagte dass der Beamte nun auf dem Boden liegen bleiben musste und gleich Hilfe käme, als zwei Beamten das Dixi betraten, hatte sie seine Kleider unter ihre gestopft, so dass sie nun recht schwanger aussah, ging aus der Toilette, und verständigte die Beamten schnell nach ihrem Kollegen zu schauen, der auf dem Boden lag und wohl einen Schwächeanfall hatte, der erste nahm sich der Sache sofort an, nach etwa fünf Sekunden schrie der andere >> Nein! Hinterher.<< und sie hatte Mühe nun am zweiten Beamten vorbei zu kommen, musste ihn kurz überwältigen, dass er für ein paar Sekunden abgelenkt war um nach draußen zu laufen, wo sie den Hinterhof eines Hauses schon gedanklich vor sich sah, wo sie sich kurz umkleiden konnte. Den Helm hatte sie um ihre Hüfte geschnallt und nach hinten ausgerichtet, so dass er nicht sofort entdeckt werden konnte. Sie erreichte den Hinterhof unter den schwersten Anstrengungen, die sich bis jetzt am heutigen Tag getätigt hatte, zog sich kurz um, band ihre Haare nach hinten und setzte sich jetzt den Helm auf. Wartete von nun an eine halbe Stunde, und versuchte in eines der Häuser zu kommen. Bei dem Zweiten hatte sie Glück, die Eingangstür war nicht verschlossen und sie konnte einfach irgendwo klingeln und sich selbst unter dem Vorwand einladen kurz die Toilette benutzen zu müssen um ein wenig Zeit verstreichen zu lassen. So tat sie es, klingelte bei einer Person, die kein Türklingelschild hatte, trat ein und spielte den vollen Beamten, informierte den jungen Mann über die scheinbaren Situationen, nachdem er sie ins Haus gelassen hatte. Er schien sowieso einer der Aufgeklärteren zu sein, er hatte das Internet an, surfte und holte sich die neusten Informationen. Sie ging kurz auf die Toilette, hoffte, dass sie etwas Brauchbares finden würde und schritt auf den Wohnraum zu in dem er saß. >> Danke, dass sie mich hereingelassen haben, es ist ein Unding das die Polizei bei fremden Menschen klingeln muss um auf die Toilette zu kommen, sie haben neue Meldungen gelesen?<< Der junge Erwachse erklärte kurz was er gelsen hatte und man sah ihm an, dass er seine Ruhe wollte, und dennoch war er auf die Informationen aus erster Hand gespannt und fragte nach dem Sinn der die Bahnhofbewachung mit sich brach, er hatte gelesen, dass keine Terroristen sich darin befanden und es doch unlogisch sei ein Gebäude zu bewachen das von einer drohenden Bombe explodieeren konnte. Sie gab ihm Recht, und meinte, dass er ihr einen Gefallen machen könnte, aber er möglicherweise sich dafür einen Pullover anziehen musste, damit man sein Herzrasen nicht bemerkte, sie erklärte ihm, dass sie eine getarnte Polizistin einer Extraeinheit wäre, sie müssen in den Bahnhof, konnte dies aber am Besten machen wenn er sich vor dem Bahnhof postieren würde und den fragenden Junge spielte. Er verstand nicht sofort was sie nun von ihm wollte und sie erklärte nochmals >>du ziehst dir jetzt einen Pullover an, ordentliche Schuhe, die zu sind, Moment <<, schmiss ihm ein Paar vom Flur entgegen und meinte, >> du gehst jetzt zeitversetzt von mir zum Bahnhof, pass auf und keine Angst ich komm dann und nehm dich fest, übergebe dich dem ersten Sicherheitswulst, so dass ich in den Bahnhof hineinkomme. Du wirst dann von ihnen in Gewahrsam genommen, deinen Ausweis lässt du hier, und es wird ungefähr zwei Stunden dauern bis du wieder auf freiem Fuß bist, du sagst ein Polizist, das ist wichtig, ein Polizist hätte dich zu dieser Aktion gezwungen. Was anderes darfst du nicht sagen.<< Die idealen Voraussetzungen sind geschehen, der junge Typ spielte mit und lief los, sie hinterher und packte ihn vor dem Bahnhof, nahm ihn fest und nahm ihn zum Eingang hin mit, meinte zu ihm er solle laufen, wenn Polizisten kommen würden, würde er festgenommen und übergeben. Dies geschah. An der Türe, die abgesichert war, sagte sie zu ihren Kollegen. >> Der junge Mensch wollte soeben in den Bahnhof eindringen, er hat gesagt er trage ein Bombe und wisse, dass drinnen eine sei.<< Die Beamten nahmen sich der Sache an, Sie konnte ohne Erklärung in den Bahnhof und schaute sich kurz um. Nahm sich zwei Beamten an und erklärte ihnen, dass sie zu ihren Kollegen gehen sollten um Unterstützung bei einem vermeindlichen Bombenträger zu leisten. Jetzt musste sie schnell in den ersten Tunnel der am Ende zusammenlaufenden Schienen um an das andere Ende zu gelangen. Sie versprach sich davon, dass sie nun einen Überblick über die Nahtstellen des Geschehens bekommen würde. Vereinzelt sah sie Grafiti, eine kleine Maus huschte über die Schiene und ein Geruch mit einem frischen Wind fegte in ihre Nase, ihre Beine begannen etwas schneller zu laufen, die Haare wehten und sie konnte die Dunkelheit schon sehen, in die sie sogleich hineinlaufen würde. Am anderen Ende würde sie die Richtungen erkennen, dieser hier ging nach links ab, sie hatte also den Falschen gewählt, denn sie suchte den der geradeaus verlief, weil dieser die größten Verkoppelungskombinationen mit den umliegenden Schienen vereinte und sie von dort die größte Chance witterte eine Idee zu bekommen, die einer Aufklärung dienen könnte. Sie vermutete, dass sie in diesem Bereich eine Bombe befinden könnte. Lief weiter und wunderte, dass keine Polizeieinheiten eine Abriegelung vornahmen und begriff schließlich, dass keine Bombe im Bahnhof war, sondern der Bahnhof als strategischer Plan benutzt wurde, um die Menschen in eine andere Richtung, der über die Brücke ging, umzuleiten. Jetzt war es klar, sie hatte Recht und der Bahnhof war auch kein Ziel eines terroristischen Angriffs

Jetzt fiel es ihr auf, die Situation eines terroristischen Angriff war nicht real, sondern es war ein Spiel. Sie erinnerte sich an die Worte des Bürgermeisters, die Festnahme einer schreienden Person und sie merkte, dass die kleine Stadt einer Simulation eines Großangriffs unterzogen war. Anscheinend wollten sie live nachvollziehen wie die Menschenmengen reagieren würden, doch gab es dazu einen ethischen Anlass und überhaupt, warum hatten sie selbst dafür gesorgt, dass am Himmel Leuchtraketen zu sehen waren? Es schien als wollten die Menschen über ihre gesunden Haltungen heraus wachsen und dem Trubel der Möglichkeiten ein Projekt unterjubbeln, dass die Szenerie live in einen realistischen Kontext stellte. Wie sich später herausstellte, waren eine Woche zuvor die Wasserversorgung mit leichten Beruhigungsmitteln angereichet worden, so dass unter den simulierten Schocksituationen keiner einen Krankheitsschub oder unbeabsichtigten Tod zum Opfer gefallen wären. Doch das wichtigste was sicher nicht dieser Umstand, sondern es war die Idee über das Vorhaben die richtige Ergebnisse für einen echten Angriff zu gewinnen. Fatal!

Das File war beendet.

Wie von selbst wurde das Licht im Zimmer heller als gewöhnlich. Der Fernseher schaltete sich ein, und sie sahen sich selbst in ihrem Wohnzimmer sitzen. Jetzt war es klar, sie waren einer noch nicht klar und deutlich erdachten Endfügung ausgesetzt.
 Was war geschehen? Sicher hatte es etwas mit einem Versuch zu tun, der die drei in einer Situation beobachtete, die große Ausschlüsse geben kann. Jetzt klingelte es an der Türe, nach dem Öffnen stand Fitsch da und überreichte Rosen. >>Herzlichen Glückwunsch, ihr habt alles überstanden, es handelt sich hier um eine Liveszene eines Filmes, der demnächst zu einem Film verarbeitet werden soll. Ihr müsst natürlich zustimmen, aber erstmal möchte ich mich bei euch entschuldigen. Sorry.<<

Zwei Damen abseits des Geschehens besprechen

nun was generell passiert war.

\>\> Hallo Dorin, bitte, der Stuhl ist für dich, hier ein kleines Kissen für deine schön geschwungene Hüften, bitte.<< sie grinste etwas, ihr Angebot entsprang einer tiefen höfflichen und freundschaftlichen Form, nicht jeder würde gerne so begrüßt werden, doch für Dorin machte dies keinen Unterschied, sie war es gewohnt, dachte sich nicht viel dabei und ihr erschien es egal zu sein.<<

\>\> Oh, jetzt war ich für ein gefühltes Jahr in der Stadt, habe natürlich auch das bekommen, nach was ich suchte, doch vor einer Woche war das Ganze noch ein wenig schöner und romatischer, aber gut, du wolltest mich sprechen wegen dem Zeugs was du gelesen hast, von dem unbekannten Typ, der irgendwie versuchte ein Konstrukt zu einer reelen Situation zu zaubern und sich in Einzelheiten verhaspelt hatte. Die Mail hatte schon die ein oder ander Komponente in den Vordergrund gestellt, die wie ich meine irgendwie sehr lax herüber kommt.<< Sie nippte kurz am Glas, wie das wohl auch ein Politiker nach einem langen Satz tuen würde und lehnte sich zurück.<<

\>\>Ja, der Anfang hat mich ein wenig fasziniert, es handelt von einer Frau, romantisch, geradlinig und dennoch wechselhaft versucht einen Mann kennenzulernen. Sie läuft durch die Straße der Stadt, sieht sich im Wilden Westen, denn das Flair drückte auf ihr Gemüt, waren doch die Menschen abhanden gekommen, niemand stand mehr da, obwohl sie sich nichts sehnlichster wünschte. Wenn sie nun einen Hebel hätte, so würde sie die durch wie Lichtkegel erleuchtende Straße, die nahe einem anderen Viertel der Stadt gelegen war, umdrehen und würde sich wünschen nun die Straße in ein Szenarium zu verzaubern, das die Menschen, Zauberer und Tiere sofort gegenwärtig machen würden. Sie wäre nun in eine Welt eingetaucht, die sie sich wünschte, weil die Unheimlichkeit der leeren Straße der normalerweise gefüllten Form jetzt in der Situation als sie ernstzunehmende Schrei hörte versuchte ihrer Blitzeingebung etwas sehr Schlimmes hätte passiert sein können, kurz entwischen wollte. Eigentlich war sie ja hier weil sie ihn wieder sehen wollte, ihn hatte sie in einem Dinner in einem Restaurant, klassischerweise wie im Film kennengelernt, seine bezaubernde Art beindruckten sie sehr, und er hatte ihrer Ansicht alles was ein Mann haben müsste. Sie meinte damit nicht unbedingt Geld und Ruhm, sondern hatte sich auf den Lebensflow und der Stetigkeit des Mannes konzentriert. Eigentlich konnte man wenn man sich gerade verlieben würde nicht, denn der Schwarm über die Person wäre so groß, dass man sich vor lauter Gedankenwirren beinahe in die kleinste Ecke eines Raumes veriehen möchte, weil die Angst etwas falsch zu machen überwiegt. Jedenfalls....<< und Dorin fiel ihr ins Wort. >> Jetzt erzähl mal nicht so monoton und geradlinig, was ist letztlich passiert?<<

>> Sie konnten sich nicht sehen, er hatte später bei ihr angerufen als sie irgendwo in der Stadt war, das Café hies Latorno, suggeriert gleich irgendwie eine umschweifende Form des Genuß finde ich so am Rande bemerkt, aber nun zum Punkt. Sie konnten sich als nicht sehen, hatten die Gedanken aneinander gehegt und stolperten in das Drama einer kleinen nicht erfüllten Liebe. Sie rannte nun, weil sich die Schreie aus dem anderen Viertel aufgedrängt hatten. Erblickten auf ungefähr dem halben Weg einen umgekippten Kinderwagen und riefen daraufhin die

Polizei. Sicher sollte die Szene auch darstellen, dass es nach so einem furchtbaren Fund normalerweise jedem Menschen das Herz stehen bleiben würde und er kaum eine Handlung an den Tag herantragen konnte, doch vielmehr spielt doch auch der Zeitungsbericht am nächsten Tag darauf an, dass Dinge teilweise verharmlost werden um nicht zu viele Menschen zu beunruhigen. Ich fand dies eigentlich die schlimmste Szene in der Geschichte, denn das fehlende Kind lies bis zum Schluss die Frage offen, und das Lesen konnte dadurch immer wieder schwieriger werden.<<

>> Bei mir war es nicht so, ich habe es so gesehen, dass der Wagen ein Nebenprodukt der Handlung war und eine andere Überlegung ankurbeln wollte, ob dies adäquat ist mag ich zu bezweifeln, denn sicher hätte der Beginn auch ohne diese Szene existieren können. Gleichzeitig ist es aber auch so, dass es auch bildlich so wirken konnte, wie wenn man sich vorzuwerfen hatte, dass man sich zu wenig um solche Themen kümmert, es oft gerade bei sozial schwachen Schichten vorkommt, dass die Chancen von Kleinkindern und ihrem Heranwachsen oft von klassischen System abhängig sind, und es nur selten Möglichkeiten gibt hier auch eine weitere Variante existent zu machen. Irgendwie erschien es mir so, als würde man de Situation so genau sehen und empfand den übrigen Ablauf als irgendwie komisch.<<

>> Ja, irgendwie schon. In einem Hinterhof gab es wohl einen fürchterlichen Ehestreit, wer es glaubte, der irrte sich gewaltig, hatten doch die Nachbarn ein Recht strukturiertes Bild einer gewohnten Handlung abgegeben und versuchten irgendetwas zu vertuschen. Am nächsten Tag konnte Ella die Vorkommnisse in der Zeitung lesen, hatte nun mit Fitsch ge-

sprochen, der sie zu einer Freilandvorführung eingeladen hatte. Daraufhin erblühte sie, schwang ihren tollen Körper in die Badewanne und entspannte so richtig. Naja, wir Beide würden sicher noch ein kleines Getränk zu uns nehmen, etwas Musik dazu laufen lassen und uns gegenseitig anmalen, so dass das Wasser in eine bunte Verfärbung übergeht, aber auch nur, weil sich das etwa achtzig Prozent der Männer einmal vorgestellt hatten. Also wie die meisten würden wir wohl in der Wanne sitzen und mindestens einmal überlegen, wie das Wasser in den Hahn hinein kommt, warum es sich dreht, und wie kostbar Wasser eigentlich ist, vielleicht nicht hier in unserem Gebiet, die Normalität verbietet das.<<

>> Ja, dann denke ich ist der Fall eindeutig, sie hatte sich verliebt, konnte ihn nicht sehen und sie bewies außerordentliche Zivilcourage, die in der Realität nur eine Sondereinheit der Polizei bewerkstelligen konnte, denn einen Übergriff wie sie sich vorstellte konnte natürlich sie alleine nicht lösen, oder siehst du das anders?<<

>> Nein, ich denke, dass es schon so ist wie du es meinst, wer würde schon losrennen, sich einer Situation hingeben, die die größte Angst eines Menschen auslöst, jetzt alles richtig zu machen müssen, obwohl man noch nie in der Realität so eine Situation erlebt hatte. Jeder überlegte sich dazu eine Strategie, aber es stand auch fest, dass nicht jeder sich nur annähernd bereit erklären kann in solch einer Situation annähernd zu helfen. Wenn nur achtzig Prozent der Menschen anders reagieren würden, und nicht weghören könnten, es also auch wahrnehmen würden, so wäre die Polizei zwar mehr beschäftigt, aber langfristig das Acht geben aufeinander sehr nach vorne gehoben worden. Das

kann man jetzt schon feststellen, denn ich habe schon oft gesehen, dass Menschen immer wieder kleine Hilfen angeboten wurden, nicht in so einem Extremfall, aber ich meine, dass da auch die meisten ihr Handy zücken würden, und so helfen würden. Wichtiger ist aber, wie man damit umgeht, dass immer wieder Gewalt geduldet wird und erst spät ans Tageslicht kommt, die Betroffenen meist alleine auf sich gestellt sind und es vorkommt, dass es eine extrem lange Zeit dauert bis endlich Hilfe nahte. Es ist sehr schwierig sich das Ganze vorzustellen, denn es scheint so, als könnten die Angebote von Präventionsstellen und anonyme Hilfsmaßnahme zum Beispiel über eine Hotline nicht genug sein, doch melden sich auch genügend Menschen bei solchen Angeboten, das weiss ich nicht sicher, aber vermute schon, dass sie genutzt werden, aber nicht von jedem. Was machen dann die anderen? Auf was sind sie angewiesen und wie erklärt es sich, dass es immer wieder vorkommt, dass die Medien über vergleichsweise selbige Themen berichten? Ein kleiner Ansatz, darüber kann man Tage diskutieren, das machen die Medien und ich persönlich möchte mich nicht mehr damit rumschlagen, denn es macht einen Unterschied im Leben mit welchen Dingen man sich beschäftigt und was daraus resultiert. Ich trage es schon in mir drin, denn ich habe mir dazu schon Gedanken gemacht, und sag dir ehrlich, ich würde es versuchen, aber würde auch bei einem unlösbaren Problem sofort verschwinden. Ich denke, dass das wichtigste immer ist, dass man adäquate Hilfe zu der Situation holt.<<

>> Ok, das ist sehr mutig von dir, ich denke, dass es ziemlich hart ist sich solch einer Realität hinzugeben, aber ich hatte mal mit meinem ersten Ehemann ein

Szenarium, als die Polizei meinen Ehemann festgenommen hatte, weil er seinen Schulden nicht nachgekommen war, was ich viel zu spät bemerkt hatte. Aber lassen wir das, springen wir kurz in die anderen Szenen, es geht nun um einen Menschen, der den Konflikt um Israel und Palästina satt hat, und sich mit seiner Gruppe einen Ausweg aus der Konstellation sucht. Er landet in Italien, Italien war dabei sicher gewählt worden, weil es ein Land war, das zu dieser Zeit in der Presse war. In Lybien begab sich ein anders betitelter Bürgerkrieg mit Menschenrechtsverletzungen und rassistischen Strukturen. Ein Aufnahmestopp der Flüchtlinge wurde aus einer Staatspleite heraus abgelehnt, und ich weiss nicht mehr ob dies die Wahrheit war, oder als ein taktisches Mittel benutzt wurde, damit Saudi Arabien nun aufgerüstet werden konnte, das als Bindeglied einer westlichen Einflussnahme in diesem Gebiet zählt. da gibt es aber auch unterschiedliche Meinungen zu. Für mich standen auch die Landschaften im Vordergrund, die Organisation, und die völlig untertriebenen Greultaten der gegenseitig ausgerichteten Lebensauffassungen. Eigentlich ist auch im Weiteren alle völlig übertrieben dargestellt, nützlich aber auch ein wenig die Phantasie der Realität zu entführen und die Dinge einfacher und anders zu gestalten, so hat die Realtität nicht mehr so viel Platz in die Wirklichkeit einzukehren, damit es möglich ist über die prägnanten Punkte einen Zugang zu einem extrem großen Thema zu finden. Also ich meine die wichtigsten Themen waren sicherlich dann weiter auch die Idee, dass die Wüste bewohnbar gemacht werden könnte und so ein Bild entstand, dass einen Frotschrittsgedanken in sich gebahr, der dafür sorgte, dass der ein oder andere darüber nachdachte, wie man Ungerechtigkeiten auf der Welt beseitigen kann, und wie man letzlich Menschen priviligieren kann, ein sehr schwieriges Thema und man sollte sich auch nicht zu lange an solchen Themen aufhalten, denn sonst kann es passieren, dass man sich im Kreis dreht, das muss unbedingt vermieden werden.<<

Sie hielten nun Beide inne, hatten die Situationen ein wenig in ihren Gemütern setzten lassen und beendeten für heute ihren Versuch über wichtige Themen zu sprechen. Blieben noch ein Weilchen nebeneinander sitzen, verzogen ihr Gesicht und lachten sich an, so als würde nun der gemütliche Teil kommen und die Beiden den Schwank in die lustige Art, die sie Beide mit sich trugen, zurückzufinden.

Sie gingen dann, da der Mittag zwar schon ein wenig fortgeschritten war, und es sich anbot noch kurz in das nah gelegene Café zu gehen, um sich von einem frischen Cappuchino verwöhnen zu lassen. Saßen aus großen Bambusstühlen, die sanft mit weich ausgestopften Kissen versehen waren. Die Stimmung verweilte nun in einer stillen zukünftigen Vision, einem Wunsch, der Beiden in der Spur gehalten hatte. Der Traum durchzog sich, sie erblickten die Chance einen guten Deal mit den Vorkommnissen zu schließen, die sie nun beide in ihrem Herzen berührt hatte. Es war nur schwer nachzuvollziehen, und es drückte auf die Stimmung im Herz und ein Klos drückte auf die Luftzufuhr. Beide standen sie viel besser im Leben, konnten ihren Dingen, die sie betrafen nachgehen und konnten beinahe ohne Sorge ihr Leben bestreiten, Jetzt waren sie fassungslos und konnten sich nicht länger mit den Dingen beschäftigen, die sie in die unentrückbare Konstellation begab, sich zu überlegen, wie sie es schaffen konnten, einen ihrigen Teil dazu beizutragen, dass solche Dinge sich besserten. Doch wie sie es auch beleuchteten, konnten sie beinahe keinen Lösungsansatz finden, was sie sehr traurig gestimmt hatte. Sie waren zu dem Entschluss gekommen, dass sie sich nicht länger damit beschäftigen konnten, denn sie hatten beinahe keinen Einfluß, der es zuließ in das Geschehen einzugreifen. Wenn, dann konnten sie sich nur vorstellen, eine Institution, einen Verein oder eine Organisation aufzusuchen, um über derer Arbeit die notwendigen Mittel in das Geschehen einfließen zu lassen, so dass ein reichhaltig guter Lösungsansatz die Folge war, und es zu einer Verbesserung in einem angestrebten Fall kommen konnte. Jetzt beschlossen sie Beide nach Hause zu gehen, um sich noch einen gemütlichen Abend zu machen. Am morgigen Tag wollten sie sich zum Einkaufen treffen, um danach ein Frühstück zu decken und in dem Ende der Woche nochmals ein wenig Zeit miteinander zu verbringen.

Als sich noch der graue Nebel an den meisten Stellen nicht aufgelöst hatte, war ihr Weg zum nächsten Supermarkt eingeschlagen worden. Frische Brötchen, ein paar Laugenstangen und frischer Käse, vier Tomaten und ein kleiner Pott Honig landete in ihren Einkaufwägen, etwas frischen Saft und ein wenig von dem leuchtenden Obst das auf der Ablage bereit stand, versüßte ihnen den Morgen. Heimlich hatten sie noch Nutella im Schrank stehen, ein wenig altes Brot und eine Gurke. Das Zimmer war frisch dekoriert, und die Sonne schien den Beiden in die Augen. Eine gute Stunde war vergangen und das frische Ei war verspeist und umgedreht auf dem

Eierbecher platziert, als das Telefon klingelte. >> Hallo, guten Morgen.<<

>> Guten Tag, bin ich bei Familie Weder, bitte?<<

>> Ah, Entschuldigung, nein, Familie Weber, aber vielleicht dennoch richtig?<<

>> Ach nein, dann habe ich mich erneut verwählt, ihre Nummer ist 933244, ah jetzt merke ich gerade, dass ich einen Zahlendreher habe.<<

>> Ok, auch nicht schlimm, dann noch schönen Tag, Wiedersehen.<<

Die Beiden grinsten kurz und Dorin2 meinte, dass es sich wie nach Kai angehört hatte.<< Dem war nicht so, und sie versanken kurz in eine kleine Erzählung, als Kai zuletzt in seiner neuen Wohnung das Sofa versehentlich mit Wachs beschmutzte und er daraufhin mit dem Bügeleisen über den Wachsfleck rutschte. Leider hatte er das Löschpapier vergessen.

>> Also, wegen den beschriebenen Szenen, was meinst du ist es auch nicht zu überlegen, dass die Insel auf denen sich die Wissenschaftler befunden hatten fraglich auch gut mit der Geschichte Europas und großen Teilen von Afrika verbunden werden konnte. Der Zusammenhang zur Welt ist da ja auch nicht ohne. Ich meine, wenn man es so sieht, dass Europa die Eigenständigkeit dadurch erlangt hat, dass die Friedensverträge, eine demokratische Struktur und die Ressourcenvielfalt wie auch Technologisierung zum Fortschritt eines Teil der Welt gehörte und sicher von den vorher herrschenden Handelslinien beeinflusst war, aber ebena uch nur zu einem Teil. Wenn man jetzt kurz springt und sich überlegt, wie die Kolonialmächte vor ihrer Zeit die Welt beeinflusste, dann könnte eine Insel doch immer auf eine Entdeckung anspielen, so zum Beispiel von Rohstoffen, neuem Entdeckergeist und den Phän-

omenen des Verschwindens derer. Oh, ich habe mich ein wenig verhaspelt, aber naja, irgendwie habe ich in diese Richtung gedacht. Eine Insel ist aber auch unheimlich schön sich vorzustellen, denn wer wollte denn nicht einmal alleine auf einer Insel sein, die Kokosbäume erklettern und Höhlen finden, abtauchen und ein wenig die Algen anfassen und einen bunten noch nicht gesehenen Fisch zu erblicken? Ich selbst würde das zum Beispiel nie wollen, denn eine Insel kann doch auch so langweilig und öde sein, oder was meinst du?<<

>> Ja, kann so sein, eine Insel ist eben eine ganz besondere Konstellation eines Landabschnitts, es ist unheimlich kunstvoll, nicht mit einem Eiseberg zu verwechseln und eben in unserer Phantasie, oder auch den Bilder aus dem Fernsehen oder einem Besuch, so schön ausgebildet, dass man einige positive Gedanken an solch einen Platz bindet. Kann aber auch sein, dass man dann ein wenig zu viel Zeit hat, eigentlich kann ich dazu nicht mehr sagen, mir brennt die Frage auf dem Nagel, wie es sein konnte, dass man zur Vorgeschichte einen Zusammenhang erklären konnte, dies entsprang doch eher dem Glauben an eine sehr komplexe Verstrickung, die doch in der Realität gar keinen Platz haben kann, weil der Mensch doch andere Dinge tut, und niemals alles erkennen kann, da ist doch schon sein Leben viel zu kurz. Naja, und die Darstellung des Angriffs aus diesen Mechanismus heraus waren eben auch nur ein wenig haltlos in der Ecke. Eins macht sicherlich Sinn, das Buch weiterzuempfehlen, es zu lesen oder nicht, aber einen Beitrag zu leisten, dass zwanzig Prozent vom Umsatz in ein Hilfsprojekt fliesen kann und den Autor in das Licht eines Stars stellt, was er sicherlich nicht ist, aber jeder Mensch

könnte doch ein paar Tage seines Lebens dafür aufwenden, sich zu überlegen, wie er das nach vorne bringt, was ihn berührt. Ende!

Printed in Germany
by Amazon Distribution
GmbH, Leipzig